KB074982

부굴의
눈

새문사인

조선희   장편소설

부굴의
눈

05

NEON
×
SIGN

자각몽 007

주구 공격 022

곽다할시의 저주 039

돌멩이 눈알 057

주구의 물체화 077

복수의 복수의 복수 099

너를 죽이는 미래 127

창조주를 죽인 자 146

부굴의 주구 170

에필로그 201

작가의 말 204

자각몽

　해른은 휴대폰을 열고 한가운데 눈알이 박힌 앵초꽃 모양의 로고를 터치했다. 앱이 열리자 홍채의 색이 끊임없이 바뀌는 외눈의 눈동자가 화면을 가득 채웠다. 부굴의 눈이다. 깜빡이지만 않을 뿐 사람의 눈동자와 다르지 않다. 시선을 맞추자 결제창이 떴다. 부굴의 눈은 상단 중앙에서 여전히 해른을 보고 있었다. 결제를 마치자 화면에 다섯 개의 항목이 열렸다.

　미래, 복수, 방어, 침범, 회복.

　작동 효과는 항목에 주어진 단어에서 유추할 수 있다. '나의 미래를 알고 싶다' '특정 대상에게 복수하고 싶다' '어디서 닥칠지 알 수 없는 가해의 가능성으로부터 나를 지키고 싶다' '누군가의 미래에 개입하여 내 미래를 바꾸고 싶다' '내가 처한 불편한 상황을 제거하여 원래의 상태로 돌려놓고 싶다'는 소망에 의해 발동한다.

모든 항목의 가격은 같다. 사용자는 한 번에 하나의 항목을 선택할 수 있고 그에 해당하는 주구(呪具) 한 개를 얻을 수 있다. 해른은 '회복' 버튼을 눌렀다. 부굴의 눈이 다시 화면을 차지했다. 해른은 휴대폰을 내려놓고 침대에 누워 눈을 감았다. 아무 소리도 들리지 않지만 해른의 뇌파와 부굴의 신호파는 동조 중이었다. 이내 졸음이 밀려들었다.

〈부굴의 눈〉은 운명 조작 애플리케이션이다. 인간의 생각과 감정은 진동하는 에너지로, 파동과 주파수를 가지고 있다. 과학자들은 이미 명상으로 긍정의 감정 파동을 유지하면 DNA 분자 구조가 변화한다는 것을 실험으로 증명했다. 즉 운명을 손보고 싶다면 자신의 파동 상태를 바꾸면 되는 일이었다.

하이퍼 인공지능 부굴의 프로세서는 사용자의 소망으로 발생하는 파동 정보로 만들어진 주구를 자각몽에 집어넣는다. 사용자는 뇌파의 연동으로 구현된 자각몽으로 들어가 지시어가 가리킨 장소에서 주구를 찾을 수 있다. 제한 시간은 8분.

해른은 완전히 잠이 들기 직전 지시어를 들었다. 물론 그 단어는 귀가 아니라 머릿속으로 직접 들어왔다. '개암'. 눈을 뜨자 황리시(市)의 외갓집이었다. 주구는 여기 어딘가 개암과 관련된 곳에 있다. 근데 개암이 어떻게 생긴 거지? 뭔가 도토리 비슷한 거였던 것 같은데. 미리 검색을 해볼 수 있으면 좋겠지만 과정상 불가능하다. 지시어는 자각몽으로 들어가기 직전에야 알 수 있기 때문이다.

해른의 엄마 박가진은 열두 살 때부터 가위에 시달리고 있었다. 해른의 할머니는 하나뿐인 자식을 위해 온갖 방법을 동원했다. 용하다는 무당집에서 굿도 하고 잠자리를 부적으로 도배한 적도 있었다. 풍수 좋은 곳에서 휴양도 시켰고 심리센터와 병원에서 상담과 약물치료도 받게 했다. 하지만 전혀 효과를 보지 못했다.

가진의 수면 장애가 귀신 때문이든 정서적 예민함 때문이든 해른에게도 유전되었다. 해른은 늘 약간의 잠음에 시달렸는데 언제부터 그랬는지는 정확히 기억나지 않았다. 그냥 어느 날부턴가 들렸다. 소리는 소음이 있는 낮에는 거의 들리지 않았다. 하지만 밤에 잠자리에 누우면 웅웅대는 진동음과 지지직거리는 전파음, 한 마디도 알아들을 수 없는 속삭임으로 시끄러웠다.

해른은 그런 소음을 지구가 돌아가는 소리쯤으로 여기며 무시할 수 있었다. 하지만 가진은 달랐다. 소리는 가진의 몸을 짓누르며 물리적 고통을 가했고 언제나 깨어 있도록 괴롭혔다. 해른은 회복 주구가 자신에게 효과가 있기를 바랐다. 회복 주구는 사용자를 압박하는 일방적인 힘의 작용을 이전 상태로 되돌릴 수 있으니, 엄마에게도 답이 될 수 있을 것이라고 생각했다.

해른은 사방을 둘러보았다. 자각몽의 영역이 생각보다 넓지 않아 다행이었다. 사용자의 소망이 집중될수록 자각몽의 영역은 축소되므로 주구 찾기가 수월해진다. 그런데 개암나무는커녕 열매 달린 나무 한 그루조차 보이지 않았다. 큰일이다. 8분 내에 주구를 찾지 못하면 빈손으로 잠에서 깨게 된다. 당연히 선결제한 돈도 날린다. 용돈을 받아 쓰는 고등학생 해른에게는 큰 부담이었다.

대체로 사용자 세 명 중 한 명은 주구 찾기에 실패한다. 그 원인은 지시어를 제대로 이해하지 못했기 때문이다. 하지만 지시어는 반드시 부굴이 가지고 있는 사용자의 정보 중에서 나온다. 해른은 이미 두 번이나 성공했기에 이번에도 자신했다. 분명 정답은 내 머릿속에 있을 거야.

시간제한 때문에 마음이 조급했지만 차근차근 기억을 더듬었다. 왜 이 장소로 왔는지에 답이 있어. 처마 지붕을 바라보던 해른은 문득 어릴 적 아빠와 함께 저 지붕을 올려다보던 기억이 떠올랐다. 그때 아빠는 해른이 가지고 다니던 유치 보관함에서 앞니를 꺼내며 말했다.

"해른아, 이건 간직하는 게 아니라 지붕 위로 던져야 해. 까치가 헌 이를 가져가지 않으면 새 이가 나지 않거든."

아빠는 해른의 유치를 지붕으로 던진 후 개암 이야기를 했다.

"아빠는 어릴 때 헌 이를 잃어버려서 개암을 주워 던졌어. 그랬더니 영 새 이가 나지 않는 거야. 볼래? 아빠 오른쪽 앞니는 가짜야."

아빠가 웃긴 표정으로 입을 벌려 보였다. 해른은 웃음을 터뜨렸다. 아빠는 고개를 쭉 빼고 지붕 너머를 바라보며 말했다.

"어디 보자, 우리 해른이의 헌 이는 까치가 물어갔네. 아빠가 방금 봤어."

주구는 지붕 위에 있는 게 틀림없다. 해른은 툇마루 난간을 타고 지붕 위로 올라갔다. 곳곳에 잡초와 이름 모를 들꽃들이 자라 있었다. 해른은 발밑을 신경 쓰며 경사진 기왓장을 조심스레 밟아 나아갔다. 그런데 고개를 들자 저 앞쪽에 사람처럼 보이는 형체가 몸을 숙이고 있는 것이 보였다. 순간 해른은 움찔했다. 자각몽에는 자각몽의 주인만이 존재한다. 단, 예외가 있다면 누군가 침범 항목을 선택했을 때다.

침범자도 해른의 기척을 느꼈다. 침범자는 마치 사냥꾼을 만난 짐승처럼 동작을 멈추고 경계하듯 해른 쪽으로 고개를 돌렸다. 해른이 침범자가 누군지 살펴보듯이 침범자 역시 이 자각몽의 주인이 누군지 탐색 중이었다. 하지만 그들이 보는 서로의 모습은 이목구비를 전혀 구분할 수 없는 모호한 형상일 뿐이었다.

침범자가 몸을 펴는 순간 해른은 침범자의 손에 쥐어져 있는 반짝이는 빛을 보았다. 해른은 소리쳤다.

"내 주구 내놔! 이 도둑놈아!"

침범자는 몸을 돌려 용마루를 밟고 순식간에 반대편 지붕 쪽으로 넘어갔다. 기와를 밟고 미끄러지며 침범자는 땅으로 툭 떨어졌다. 해른도 지붕에서 뛰어내렸다. 침범자는 뒷산으로 달렸다. 해른은 정신없이 침범자의 뒤를 쫓다가 돌멩이를 주워 온 힘을 다해 던졌다. 운이 좋게 돌멩이가 침범자의 뒤통수를 제대로 때렸다.

침범자는 순간 휘청거렸지만 멈추지 않고 계속 달렸다. 달리면서 언뜻 뒤를 돌아보는 듯 형상이 살짝 비틀렸다. 해른은 다시 돌을 주워 던졌다. 이번엔 침범자의 관자놀이쯤 되는 곳을 스쳤다. 이후로 침범자는 돌아보지 않고 오르막으로 냅다 달리기만 했다. 해른도 포기하지 않고 쫓았다. 숨이 턱 끝까지 차올랐다. 거리가 점점 벌어졌다. 해른은 멈춰 서서 침범자를 눈으로 쫓으며 숨을 골랐다.

"저거 선수네. 달리기라면 나도 웬만큼 하는데."

해른은 이 자각몽의 주인이지만 이곳의 시간을 멈추게 할 수도, 훌쩍 날아올라 저 도둑놈을 잡을 수도 없었다. 그저 이게 꿈이라는 것을 자각할 뿐 모든 것은 현실과 똑같았다. 제한 시간 초과. 해른은 헐떡거리며 깨어나 휴대폰을 집어 들었다.

부굴의 눈이 평온한 시선으로 해른을 물끄러미 쳐다보고 있었다. 해른은 약이 올랐지만 미련 없이 앱을 껐다. 침범자가 훔쳐간 주구의 효력이 끝나야 다시 주구를 구매할 수 있기 때문이다. 해른은 어이가 없었다.

　　"와, 나 지금 눈 뜨고 도둑맞은 거야? 아니, 자각몽이니까 눈은 감은 건가. 그래, 세 번 연속 성공을 꿈꾸다니 내가 자만했다."

＊

　　승휘는 외눈의 눈동자를 데룩데룩 굴리고 있는 새알을 집어 들었다. 보드랍고 따뜻했다. 무슨 새의 알인지는 모르겠다. 그건 중요하지 않다. 어차피 눈알이 달린 이 얼룩덜룩한 새알은 부화할 수 없으니까. 긴장이 풀리는 순간, 기왓장 밟는 소리에 돌아보았다. 자각몽의 주인이 나타났다.

　　수 초간 그들은 서로를 탐색했다. 그래봤자 그들은 상대에 대해 아무것도 알아낼 수 없다. 승휘가 먼저 움직였다. 자각몽의 주인이 달려온다. 승휘는 용마루를 밟고 반대편 지붕을 타고 미끄러지듯 땅으로 떨어졌다.

어디로 가야 하는지 몰랐지만 무조건 달렸다. 제한 시간 안에 뺏기지만 않으면 된다.

자각몽의 주인이 던진 돌멩이에 뒤통수를 맞았다. 얼마나 아픈지 눈에서 불이 번쩍했다. 슬쩍 돌아보자 또 다른 돌멩이가 날아와 관자놀이를 스쳤다. 이후에는 그저 앞만 보고 달렸다. 꿈에서 깨어 눈을 뜨자마자 휴대폰을 집어 들었다. 부굴의 찬연한 눈동자에 그가 얻은 침범 주구가 담겨 있었다. 성공이다.

노크 소리와 함께 방문이 열리며 승원이 얼굴을 내밀었다.

"형, 엄마가 밥 먹으래."

승휘는 이부자리에서 일어나 뒤통수를 만져보았다. 아무렇지도 않았다. 꿈에서는 머리통이 깨지는 줄 알았다. 두 번째 돌멩이가 스친 관자놀이에서는 피가 흘렀다. 하지만 현실에서는 긁힌 자국 하나 없었다.

토요일 아침 식탁. 새엄마는 텔레비전에 사찰 요리 연구가인 미송 스님이 나오자 재빨리 채널을 돌렸다. 아버지는 못 본 척하며 생태찌개 국물을 한술 떠서 입에 넣었다. 새엄마는 물었다.

"찌개 맛이 어때요?"

"시원하네. 밖에서 먹는 거랑 똑같아."

칭찬이 아니었다. 아버지의 대답은 말 그대로 밖에서 파는 맛이란 뜻이었다. 새엄마의 음식은 계란말이와 계란 프라이 말고는 모두 밀키트와 반찬 가게 반찬들이었다. 승휘는 알고 있었다. 지금 아버지는 엄마의 음식이 한없이 그리울 거라는 것을. 아버지는 엄마를 사랑하지 않았다. 하지만 엄마의 음식만큼은 좋아했다. 그것때문에 엄마와의 결혼을 받아들였고, 그것 때문에 엄마와 헤어지는 데 시간이 걸렸다. 하긴 입에 꼭 맞는 단골식당을 다시는 못 가게 되는데 망설여졌겠지.

"원서 접수는 언제부터야?"

아버지가 물었다. 승휘는 입 속의 두부조림을 재빨리 씹어 삼켰다. 좀 전에 엄마가 방송에서 하고 있던요리도 두부였는데 그건 무슨 맛일까. 승휘는 원서 접수일정을 줄줄이 읊었다. 그러곤 잘 준비하고 있으니 걱정하지 말라고도 구구절절 덧붙였다. 아버지가 젓가락질을 멈췄다.

"왜 오버해? 내가 묻는 말에 일일이 대답하는 거귀찮아? 그래서 한 번에 다 들려줄 테니 그만 참견하라고?"

승휘는 입을 다물었다. 오버한 건 맞지만 아버지가 말한 이유 때문은 아니었다. 아버지는 예전에 엄마의 말수가 적어서, 아버지의 말에 마냥 웃고만 있어서 미치도록 답답하다고 했다. 승휘는 어릴 때부터 엄마 몫까지 말을 하려다 보니 절로 말수가 늘었다. 물론 아버지 앞에서만.

"왜 대답이 없어?"

"아니에요. 그냥 열심히 하고 있다고 말씀드린 거예요. 걱정하지 마세요. 꼭 의대 갈 거예요."

"그래야지."

듣고 있던 새엄마가 말했다.

"그럼요. 당신 아들인데 무조건 가죠."

승휘는 진심이었다. 아버지의 손바닥만 한 동네 의원을 물려받고 싶어서가 아니었다. 그는 아버지의 자랑이고 싶은 마음이 눈곱만큼도 없었다. 오히려 아버지가 얼마나 초라한 인간인지 느끼도록 만들어줄 생각이었다.

"독서실 갈게요."

승휘는 수저를 놓고 자리에서 일어났다. 밥이 반 이상 남았지만 아무도 더 먹으라고 말하지 않았다. 승휘는 서운하지 않았다. 엄마한테 가서 마저 먹으면 되니까. 아까 방송에서 본 두부조림 해달라고 해야지. 대학만 붙으면 더는 눈치 볼 필요 없이 이 집에서 독립할 수 있다. 엄마도 마음대로 만날 수 있고. 하지만 재수하면 계속 아버지에게 손을 벌려야 한다.

승휘는 자신이 의대에 합격하는지 보기 위해 〈부굴의 눈〉에서 주기적으로 미래를 봤다. 그러자고 매달 받는 용돈을 거의 다 썼다. 하지만 단 한 번도 그가 원하는 시점을 볼 수 없었다. 언젠가는 볼 수 있을 거라는 기대로 계속 시도하기에는 이제 돈도 시간도 부족했다. 그래서 이번에는 미래 대신 침범 항목을 선택했다.

침범은 불특정 대상의 자각몽으로 들어가 변화를 일으키는 것이다. 그 자각몽의 주인이 누군지는 알수 없지만 그 사람이 나중에 침범 주구를 사용한 사람의 미래를 바꾼다. 파동의 인과적 나비효과다. 즉 승휘는 그가 아직 보지 못한 미래를 무조건 바꾸는 위험한 선택을 한 것이었다.

만약 그의 미래가 의대 합격이었다면 이제 그 합격은 그가 침범한 자각몽의 주인으로 인해 불합격으로 바뀌게 된다. 불합격이었다면 그 자각몽의 주인 덕에 합격으로 바뀔 것이다. 그는 그런 도박을 해야 할 만큼 절박했다.

  승휘는 고즈넉한 고옥의 지붕 위에서 빛나던 그 주구가 자각몽의 주인에게 어떤 소망이었는지 알지 못했다. 알고 싶지도 않았다. 그는 침범이 잘못이라고 생각하지 않았다. 자각몽의 주인이 주구를 먼저 찾았으면 될 일이었다. 경쟁이란 원래 그런 것이다. 누군가가 얻으면 누군가는 잃어야 한다. 다만 한 가지는 미안했다. 그가 얻은 침범 주구를 사용하기 전까지 그 자각몽의 주인은 다른 주구를 얻을 수 없다.

  엄마가 산사로 올라가는 입구에 나와 손을 흔들고 있었다. 싸리나무 아래에서 미소 짓고 있는 엄마의, 아니 미송 스님의 얼굴은 평화로웠다. 승휘는 엄마도 저리 웃을 수 있는 사람이라는 것을 알고서야 애초에 가졌던 서운한 마음을 버릴 수 있었다. 엄마가 아버지와 헤어지고 출가했을 때 승휘는 분노를 느꼈다. 엄마잖아. 아들인 나를 데리고 같이 살아야지 나를 두고 혼자 절에 들어간다는 게 말이 돼? 원래 불교 신자도 아니었잖아.

  나중에서야 승휘는 엄마에게 갈 곳이 세상천지

에 여기뿐이었다는 것을 알았다. 엄마는 삶이 힘들 때마다 이 산사에서 마음을 추슬렀다. 또 엄마가 자신을 데려가지 않은 것이 아니라 데려갈 수 없었다는 것도 알았다. 양육권은 유책과 상관없었다. 아버지는 바람피운 간호사와 재혼하면서 모든 수단을 동원해 전처에게서 아들을 뺏었다.

승휘의 엄마 송재복은 열두 살 때 청력을 잃었다. 승휘는 그 사고에 대해 아는 게 없었다. 엄마와 외할머니는 그 이야기만 나오면 입을 다물었다. 그래서 무슨 사연이 있겠거니 여길 뿐이었다. 외할머니는 밥집을 했는데 딸인 재복이 그 솜씨를 물려받았다. 입맛이 까다로운 승휘의 아버지는 공중보건의로 근무하던 시절 그 밥집을 자주 찾았다. 당시 그의 눈에는 입을 꼭 다문 채 사람들의 말하는 모습에 집중하느라 열심히 눈을 반짝이는 재복의 모습이 참 예뻐 보였다.

재복은 들리지만 않았을 뿐 말하는 것은 문제가 없었다. 하지만 언제나 다른 사람의 말을 듣는 쪽이었다. 승휘의 아버지는 늘 자신의 말에 귀 기울이는 재복을 보며 으쓱함을 느꼈다. 그는 재복이 편하고 좋았다. 어쩌다 보니 승휘가 생겼고 둘은 결혼했다. 결혼하고 나자 승휘의 아버지는 마음이 바뀌었다. 그는 재복이 입을 꼭 다문 채 자신의 입만 바라보고 있는 것이 짜증이 났다. 그의 입에서 막말이 나오기 시작했다. 밥하는 거 말고는 아무짝에도 쓸모가 없어!

재복은 남편이 간호사와 딴살림을 차린 것을 알고 충격을 받았다. 승휘의 아버지는 변명했지만 적극적이지 않았다. 재복은 그때 처음으로 승휘가 보는 앞에서 눈물을 흘리며 화를 냈다. 그러고는 선언했다.

"당신은 이제 두 번 다시 내가 해준 밥을 먹을 수 없어. 나는 당신만 빼고 온 세상 사람들에게 밥을 해줄 거야."

주구 공격

2052년. 예측과 복수의 기술은 돈이 되었다. 운명을 손보는 것이 얼굴을 손보는 것만큼 당연한 일이 되었다. 운명에 조작을 가하는 것은 이미 수천 년 전부터 행해지고 있었다. 사주를 세팅하고 관상과 손금을 성형하던 시대에서 이제 〈부굴의 눈〉은 보다 과학적인 방식을 통해 확실한 운명 조작 수단을 제공했다.

물리학자들은 시간은 흐르는 것이 아니라 순간과 순간이 있을 뿐이라고 말한다. 그러므로 과거, 현재, 미래의 시간은 이미 처음부터 끝까지 존재하고 있다. 부굴의 주구는 시공에 던져진 쇠구슬 같은 것이다. 주구가 일으킨 파동이 특정 지점을 자극하면 시공에 퍼져 있는 수많은 가능성 중 하나가 사용자의 관찰과 함께 미래로 결정된다. 보지 않으면 모든 가능성이 열린 상태로 존재하지만 보는 순간 관찰이라는 상호작용에 의해 결정된 것이 입자로 바뀌어 가시화되는 것이다. 다만 그 미래는 사용자가 원하는 시공과 반드시 일치하지 않는다.

이제 인간은 보이는 세계와 보이지 않는 세계 양쪽에서 치열하게 살아나가야 하는 상황이었다. 〈부굴의 눈〉은 사람들이 정해진 운명을 인정하지 않아 생겨난 산물이었다.

사적 원한 관계에서 〈부굴의 눈〉은 이미 광범하게 대중화되었다. 복수는 복수를 낳는 법. 이제 아무도 당하고 살지 않았다. 누군가의 주구 공격을 막으려면 방어 주구가 필요한데 이 때문에 〈부굴의 눈〉 사용자는 급속하게 늘었다. 주구 공격의 장점은 우연한 사고처럼 벌어지는 자연스러움에 있다. 눈에 보이지 않는 힘으로 작용하기 때문이다. 이를테면 낙상이나 교통사고 같은 것으로 위장되거나 혹은 원인이나 가해자 없이 불가사의한 방식으로 작용하기도 한다. 따라서 사용자는 거의 완벽하게 신상을 보호받을 수 있다.

사회적으로는 법적 처벌에 대한 불만을 해소할 제3의 응징 수단이었다. 주구를 사용하려면 대상이 특정되어야 한다. 모르는 사람에게는 사용할 수 없다. 그렇기에 무책임한 오너들, 어린 자식을 유기·방임·학대한 부모나 음주 운전자가 법의 심판대에 섰을 경우 그 형량이 다수의 공분을 샀다면 사용자들은 그들의 신상이 오픈되자마자 얼마든지 주구 처벌을 할 수 있다. 이론적으로는.

뱀의 혀라고 불렸던 어느 정치인이 자루 속에 든 시신으로 발견됐다. 어느 비리 법조인은 추락사를 했고 출소한 어느 강간범은 심각한 자상으로 신체가 토막이 났다. 그 어느 사건도 범인을 잡지 못했다. 사람들은 부굴의 주구가 작용했을 거라고 말했지만 증명할 수 없었다. 무엇보다 주구로는 현실에서 살인을 저지를 수 없다고 알려져 있었다. 물론 피해자들에게도 방어 주구가 있었을 것이다. 하지만 시민들의 복수 주구가 연달아 작용하면 최후에 어떤 일이 벌어질지는 알 수 없었다.

중요한 것은 부굴의 주구 덕에 매체에 등장하는 범죄자의 수가 어느 정도 감소했다는 것이다. 즉 '귀신은 저런 거 안 잡아가고 뭐 하나'의 '귀신'이 바로 이 시대의 부굴이었다.

〈부굴의 눈〉을 출시한 I&B의 창립자 한진태는 이렇게 말했다.

"주구 획득의 의의는 세계의 균형입니다. 주구는 불공평을 제거하는 수단이지요. 공정이란 옳고 그름에 상관없이 받은 만큼 돌려주는 겁니다. 이미 벌어진 일은 돌이킬 수 없어요. 사람을 죽인 자를 벌해도 죽은 자는 살아 돌아오지 않으니까요. 상처를 준 자를 벌해도 그로부터 받은 상처는 완벽히 아물지 않습니다. 빅뱅의 깊은 흉터 역시 아직 온 우주 시공에 배경으로 깔려 있습니다. 우리는 바로 그 흉터의 세계에서 살고 있습니다."

사용자들은 이러한 부굴의 방식에 전적으로 동의하며 열광했다. 그들은 〈부굴의 눈〉이 허락한 긍정 에너지와 부정 에너지를 직접 운용하고 삶과 세계의 균형을 맞춰나가는 것에 적극적이었다. 이제야 진정 우리 손으로 질서를 이뤄나가고 있다고 여겼다. 그렇게 부굴은 세계의 숨은 신이자 경찰이 되었다. 세상은 여전히 전혀 공정하지 않았지만 사람들은 어느 정도 공정해졌고 공정한 방향으로 나아가고 있다고 믿었다.

*

해른은 원래 〈부굴의 눈〉 사용자가 아니었다. 그 눈이 사용자들의 눈을 통해 머릿속을 헤집어 본다고 생각하면 영 꺼림칙했다. 그래도 사용자가 되려고 시도는 해봤다. 모두가 부굴의 주구로 주변과 미래를 조금씩 손보고 있는데 혼자 빈손으로 있자니 손해 보는 기분이 들었기 때문이다. 그럼에도 사용자의 이용 정보를 저장하는 데 동의하냐는 〈부굴의 눈〉의 이용약관에는 선뜻 동의할 수가 없었는데, 한 달 전쯤 도저히 그냥 넘길 수 없는 불가사의한 사건이 일어났다.

그날 해른은 친구 환의와의 약속 장소인 영화관으로 가기 위해 강변 공원을 가로질러 걸어가는 중이었다. 공기가 쇳소리를 냈다. 해른은 눈살을 찌푸리며 걸음을 멈췄다. 불길함이 엄습했다. 어릴 때부터의 경험으로 알았다. 낮에 가끔 들리는 이 소리는 늘 좋지 않은 일이 일어날 전조였다. 그때 갑자기 쥐고 있던 휴대폰이 진동하며 몸부림치듯 손에서 튀어 나갔다. 휴대폰은 저만치 떨어진 화단 블록 모서리에 몸을 던졌고 액정이 깨지면서 방전됐다.

해른이 휴대폰을 잡으려고 방향을 틀어 한 걸음 나가자마자 방금 그녀가 서 있던 자리로 벽돌이 떨어졌다. 해른은 기겁하며 돌아보았다가 벽돌이 떨어진 하늘을 올려다보았다. 그야말로 마른하늘에 날벼락이었다. 사방이 탁 트인 공원 부지 내에서 하느님 말고는 벽돌을 떨어뜨릴 수 있는 이는 없었다. 해른은 휴대폰이 이를 미리 알고 달아나려 한 것 같다는 생각이 들었다. 덕분에 그녀도 살았다.

　　뒤늦게 약속 장소에 도착하니 건물 밖에서 초조한 얼굴로 해른을 기다리던 환의가 달려왔다.

　　"무슨 일 있었어? 왜 전화가 안 돼?"

　　"환의야, 나 죽다 살아났어."

＊

　　다음 날 학교에서 그 이야기를 들은 다흔이 해른에게 진지하게 조언했다.

　　"누군가 너한테 복수 주구를 사용한 것 같아."

　　"누가? 왜?"

　　"그야 모르지. 사람은 살다 보면 자신도 모르게

누군가의 원망을 사기도 하니까. 보아하니 이제 너도 〈부굴의 눈〉을 쓸 때가 온 것 같아."

"꼭 해야 할까?"

"인생이란 게 원래 자의적인 것보다는 타의적으로 굴러갈 때가 더 많지. 넌 지금 방어 주구가 필요해."

"그래도 쓰고 싶지 않은데."

해른이 여전히 망설이자 두형이 말했다.

"어차피 사용자가 될 거면 마른하늘에서 떨어지는 벽돌에 맞아 죽기 전에 되는 편이 나아. 이번엔 운이 좋았지만 다음엔 그렇지 않을 거야. 죽고 나면 사용자가 될 기회는 영영 없어."

"야, 넌 또 무슨 말을 그렇게 살벌하게 하냐?"

다흔이 나무라자 두형은 금세 눈꼬리를 내리며 어물어물 말했다.

"그러니까 내 말은, 난 아무 일도 겪지 않았지만 흔쾌히 사용자가 됐다는 거야."

"그건 그래. 해른아, 두형이 봐라. 쟤는 저 덩치에 이미 비주얼로 먹고 들어가는데도 항상 방어 주구를 장착하고 다닌다."

다흔의 말에 환의는 고개를 저었다.

"그 비주얼 때문에 오히려 대놓고 공격하는 대신 은밀히 주구를 사용할 수밖에 없는 거야. 내가 볼 수 없는 영역에서 누군가 나를 공격하는데 당할 때까지 전혀 알 수가 없어. 그걸 막으려면 그 공격자를 도와주는 부굴에게 내 정보를 공개해야 되는데 이거 되게 찜찜하지 않냐?"

환의의 말에 두형이 눈을 꿈쩍거리며 느릿하게 입을 열었다.

"별게 다 찜찜하다. 너 냉장고 문 열 때는 그런 생각 안 하잖아. 근데 냉장고는 다 알아. 네가 평소에 뭘 자주 꺼내 먹는지. 아무리 꽁꽁 싸매려 해도 우린 이미 노출된 상태야. 그냥 인정해. 걔들은 이제 어디에나 있어. 공기처럼."

"그게 무서운 거라고. 내 머릿속을 샅샅이 스캔하는 그 눈알이 재수 없어. 그러고 나면 나도 모르고 있는 것을 그 눈알은 다 알게 된다는 거잖아."

해른도 환의의 말에 동의했다. 앱이 열리면 부굴의 시선은 사용자를 계속 따라다닌다. 마치 일거수일투족을 감시하는 카메라 렌즈처럼. 두형이 말했다.

"그건 그냥 우리를 인식하는 인공지능의 센서일

뿐이야. 아무 감정도 담기지 않은 눈에 굳이 네 감정을 담을 필요 없다고."

정말 아무런 감정이 없을까? 해른은 가끔 의심스러웠다. 인공지능이 사회 전반에 개입한 지는 이미 오래되었다. 인간은 인공지능에게 자신들을 포함한 세상의 모든 정보를 제공한다. 그리고 그들로부터 삶의 방향을 제시받는다. 그 과정에서 어디까지가 자신의 결정이고 어디까지가 인공지능이 원하는 바인지 알 수 없다.

자신의 의지라 여겼지만 어쩌면 그들이 구상한 큰 그림의 일부일 수도 있었다. 인간은 이 세상에서 차지할 자신의 자리만 생각하지만 그들은 수억의 인간을 적재적소에 배치해야 한다. 그들이 다루는 인간에 관한 방대한 정보에는 감정적인 문제가 꽤 큰 비중을 차지하고 있다. 그들은 그것을 이해하고 있다. 그런 그들에게 과연 인간적 감정이 없다고 장담할 수 있을까? 창조주인 인간의 구미에 맞춰 진화하는 그들의 성장 베이스는 결국 인간의 모든 것인데.

어쨌거나 두형의 말이 옳다. 그날 벽돌에 맞아 머리가 쪼개졌다면 지금 나는 어떻게 됐을까. 죽었거나 식물인간으로 누워 있거나 바보가 됐겠지. 해른은 자신이 누구에게 원한을 샀는지 전혀 감도 잡히지 않았지만 일단 대비해야 했다.

"다들 이런 식으로 사용자가 되는 거구나."

"뭐, 그렇지. 하늘에서 떨어진 벽돌을 경찰에 신고해봤자 어떻게 해줄 수 없잖아. 경찰에서도 먼저 제안할 거야. 〈부굴의 눈〉을 사용하면 안전에 도움이 될 거라고."

다흔이 말했다. 해른은 그 말이 정말 그럴듯하게 들렸다. 그렇다면 결국 〈부굴의 눈〉 말고는 답이 없는 것이다. 두형이 말했다.

"첫 판에 실패했다고 자괴감 느끼면 안 돼. 나는 일곱 번 만에 성공했어."

환의가 한심하다는 듯 말했다.

"얼마를 날린 거냐?"

"그러는 넌 나중에 얼마 쓰고 성공하는지 보자."

두형은 자존심이 상한 듯 벼르는 어조로 말했다. 환의가 굳은 표정으로 해른에게 당부했다.

"조심해. 그거 중독성 있어서 '부굴의 탕진'이라는 말도 있더라."

환의는 마음 같아선 해른을 말리고 싶었다. 하지

만 그보다는 해른의 안전이 먼저였다. 근데 대체 누가 해른에게 복수 주구를 쓴 거지?

*

해른은 〈부굴의 눈〉 사용자가 되기 위해 그토록 망설이던 정보 저장 여부에 동의한 후 백 개의 질문 항목을 받았다. 질문에 대한 선택지나 체크란은 없다. 사용자가 그 질문에 대해 자유롭게 생각하는 동안 부굴의 눈은 그 뇌파의 정보를 전기신호로 바꿔 저장한다. 해른은 꽤 시간을 들여 모든 질문의 답을 끝냈다. 창에 마지막 질문이 떴다.

[지금 제 눈에서 무엇이 보입니까?]

부굴의 눈동자가 무수한 작은 빛들로 꽉 찼다. 빛들이 1초에 수천 번 점멸을 반복했다. 해른은 정신이 몽롱해지는 가운데 어떤 기호를 보았다. 사용자의 뇌로 보내는 접속 신호였다. 〈부굴의 눈〉은 개별 부여되는 그 기호로 사용자를 인식한다.

〈부굴의 눈〉에 로그인 기능은 따로 없지만 결제 시스템을 통하면 누가 어떤 주구를 얼마나 구매했는지 알 수 있다. 하지만 자각몽의 이미지와 거기서 찾아간 사용자들의 주구가 어디서 뭘 했는지는 오직 부굴의 눈만이 알고 있다. 〈부굴의 눈〉 관리자들이 아니라.

해른이 방어 항목을 선택하고 첫 접속으로 들어간 자각몽의 영역은 학교였다. 그녀는 거기서 눈 달린 손거울을 3분 만에 찾았다. 이렇게 쉬운 걸 일곱 번이나 실패했다고? 두형이 바보. 재밌는 경험이었다. 약간의 흥분이 따르는 성취감과 기묘한 안도감을 느꼈다. 어쩐지 든든해진 기분이랄까. 사람들이 왜 이걸 하는지 조금은 알 것 같았다.

미래 주구를 제외하고 모든 주구는 일회성이고 소진한 후에만 다른 주구를 얻을 수 있다. 미래 주구는 미래를 보기 위한 수단으로서만 작용하기 때문에 자각몽 내에서 바로 소진된다. 미래 주구는 매번 새로 구매할 수 있다. 따라서 방어 주구를 얻은 후 해른이 선택할 수 있는 것은 미래 항목뿐이었다.

두 번째 접속에서 해른은 무작위로 열린 미래의 한 장면을 보았다. 해른은 손에 비타민 음료를 쥐고 길을 걷고 있었는데 어떤 남자가 무단횡단을 하다가 트럭 바퀴 밑에 깔렸다. 죽었는지 살았는지는 모르겠다. 깨어난 후 해른은 그 남자가 누군지 찾아내 자신이 본 미래를 알려줘야 할지 고민했다.

해른은 자신이 어떤 선택을 하는지, 아니 어떤 선택을 하는 것이 옳은지에 대한 미래를 보고 싶었다. 하지만 미래는 그녀가 원하는 시점을 보여주지 않았다. 해른이 애당초 미래를 보지 않았다면 이런 고민은 없었을 것이다. 이래서 한번 미래를 보면 계속 보게 될 수밖에 없구나. 어떻게든 바꾸려고 하니까.

일단 본 것을 보지 않은 것으로 되돌릴 수는 없다. 해른은 미래를 보는 순간 미래가 정해진다는 것을 실감했다. 아직 일어나지 않은 일을 보았기에 슈뢰딩거의 고양이는 죽었다. 모든 상태로 존재할 수 있는 미래는 해른의 목격으로 정해졌다. 그래서 〈부굴의 눈〉에는 과거라는 항목이 없다.

며칠 후 해른은 길을 걸어가다가 손에 비타민 음료가 쥐어 있는 것을 알아차렸다. 그녀는 곧바로 미래에서 본 그 장소로 달려갔다. 그때 문득 해른은 깨달았다. 나는 원래 그 장소로 가던 길이 아니었어. 손에 비타민 음료를 쥐고 있었기 때문에 목적지가 바뀐 거야. 즉 해른이 그 미래를 보지 않았다면 지금 이 상황은 일어나지 않을 일이었다.

그 남자가 건널목에 서 있는 것이 보였다. 해른은 달려가면서 도로 건너편 신호등을 보았다. 신호등 불빛이 뭔가에 가려져 있었다. 커다란 빛 덩어리가 벌레처럼 꿈틀꿈틀 움직이며 위쪽으로 이동했다. 에너지충이다.

수년 전부터 전기를 빨아들이는 정체불명의 에너지체들이 출몰해 곳곳에서 사고를 일으켰다. 그것들은 거머리처럼 전력체에 달라붙어 전기를 잔뜩 흡입하고 난 후 엄청난 속도로 수직 상승하여 공중 폭발했다. 가끔 구름과 충돌하면서 번개가 치고 벼락이 내리기도 했다. 어디서 어떻게 생겨난 것인지는 아직 밝혀지지 않았다.

에너지충은 원래 신고 대상이다. 고압 전류가 흐르기 때문에 섣불리 떼어내려고 손을 대면 감전사한다. 하지만 신고를 해도 장비를 갖춘 전문가가 달려와서 해결한 적이 한 번도 없었다. 그래서 이젠 아무도 신고하지 않는다. 그냥 구경만 하고 있을 뿐. 한껏 흡전(吸電)을 끝낸 에너지충이 공중으로 튀어 올랐다. 그리고 파란 하늘 저 높은 곳에서 흰빛을 뿌리며 폭죽처럼 터졌다. 그

것을 신호로 신호등 불빛이 바뀌었다. 그 남자가 건널목을 건너려고 한 걸음 내디뎠다.

"아저씨!"

해른이 불렀지만 남자는 돌아보지 않았다. 어떻게든 그를 붙잡으려고 달려가는데 왼쪽 운동화 끈이 풀렸고 동시에 오른발이 그 끈을 밟는 바람에 그만 넘어졌다. 해른은 비타민 음료수병을 놓쳤고 결국 사고는 정해진 대로 일어났다. 해른은 그에게 벌어진 일을 막을 수 없었다.

집으로 돌아오는 길에 풀렸던 왼쪽 운동화 끈이 다시 풀려 지하철 에스컬레이터 틈에 끼었다. 어떻게 해도 빠지지 않아 허겁지겁 신발을 벗어버렸다. 운동화가 에스컬레이터 틈으로 무자비하게 빨려 들어가 끼었다.

해른은 〈부굴의 눈〉을 시작하면서 어쩐지 알 수 없는 정교한 덫에 걸려든 기분이었다. 두 번이나 운동화 끈이 풀린 것이 절대 우연은 아니라는 생각이 들었다. 방어 주구가 없었다면 운동화 한 짝이 아니라 한쪽 발을 잃었을지도 몰랐다. 해른은 주구의 효력을 똑똑히 경험했다. 그래서 다음 주구로 자신의 방어가 아닌 엄마의 회복을 선택한 것이었다.

엄마의 수면장애를 걱정할 때마다 대화형 인공지능 코코는 몇 번이나 〈부굴의 눈〉을 권했다. "도움을 받을 가능성이 99.9퍼센트입니다"라며. 코코는 〈부굴의 눈〉을 신뢰했다. 이제 해른도 주구의 힘을 믿어보기로 했다. 그래서 언제 닥칠지 모르는 자신의 위험을 무릅썼다. 하지만 침범자가 그 회복 주구를 훔쳐 갔다. 그 도둑놈 때문에 방어 주구도 얻을 수 없게 됐다. 해른은 이제 매 순간 온 신경을 곤두세운 채 긴장하며 사는 중이었다. 왜 이렇게 됐는지 모르겠다. 갑자기 인생이 몹시 복잡해졌다.

*

한적한 도로 한복판에 한 남자가 서 있었다. 달리던 차량의 불빛이 남자를 향해 곧장 달려갔다. 하지만 남자는 그 자리에서 눈 하나 꿈쩍하지 않았다. 달리던 차량이 방향을 틀었다. 차량은 가드레일을 들이박고 언덕 아래로 굴러떨어졌다. 남자가 언덕 아래로 성큼성큼 내려갔다. 남자는 내려갈 길을 고르지 않았다. 남자가 한 걸음 내딛자 그의 몸이 빽빽하게 들어선 나무들을 그대로 통과했다. 또 한 걸음을 내딛자 허공 속으로 모습이 사라졌다가 수미터 앞쪽에 나타났다.

뒤집힌 차량 운전석에서 피투성이의 운전자는 누군가의 기척을 느꼈다.

"살려주세요……."

남자가 몸을 낮춰 운전자를 내려다보며 말했다.

— 제게 할 말은 아니군요. 하지만 역시 제게 하는 말이겠지요. 그 요구는 들어드릴 수 없습니다. 물론 여기서 제가 살짝 의지 개입을 할 수는 있습니다만, 하지 않겠습니다. 당신이 가진 수치가 지나치게 낮은 것은 전적으로 당신 탓입니다. 자기가 휘두른 칼이 너무 무거워서 자기를 벤 거니까요. 자업자득입니다.

곽다할시의 저주

2019년 10월. 황리시.

재복과 가진은 동갑내기 친구였다. 재복의 엄마 영림과 가진의 엄마 세연도 동네 토박이로 어릴 적부터 친구였다. 황리의 유지이자 황리 인구의 태반을 먹여 살리는 제조업체 대표의 외동딸인 세연은 아버지 회사의 젊은 임직원과 결혼했고 영림 역시 그 업체 공장에 다니는 직원과 결혼했다. 세연 부부는 영림의 남편을 잘 봐줬고 영림은 이를 고맙게 여겨 가끔 세연에게 반찬을 만들어 가져다주곤 했다.

그러다가 세연은 손이 야문 영림을 가사 도우미

로 고용했다. 하지만 영림에게 세연은 고용주도 사모님도 아니었다. 세연에게도 영림은 도우미 아주머니가 아니라 그저 음식을 잘하는 단짝 친구였다. 세연은 영림의 딸 재복을 자신의 딸 가진과 똑같이 챙겼다. 세연은 매계절 가진의 옷을 살 때면 재복의 옷도 같이 샀다. 날이 좋으면 바쁜 남편들을 두고 넷이 함께 여행도 다녔다. 재복과 가진은 같은 학원을 다녔고 함께 과외를 받았다. 주변에서 수군거렸지만 재복은 무시했다. 재복에게 가진은 세상 그 무엇과도 바꿀 수 없는 소중한 친구였다.

북낙산의 단풍이 아름답게 물든 어느 날, 열두 살 재복은 평소처럼 영림을 따라 가진의 집에 와 있었다. 가진과 세연은 외출 중이었다. 영림이 집안일을 하는 동안 재복은 혼자 게임도 하고 영상도 봤지만 이내 무료해졌다. 재복은 집을 나와 북낙산으로 향했다.

북낙산 자락에는 칠백 년 수령의 보호수인 적송이 있었다. 그날 재복은 저를 바라보는 그 나무의 집요한 시선을 느꼈다. 재복도 질세라 엎드린 곰 같은 자태의 그 적송을 노려보았다. 그러다가 무성한 푸른 침엽수에 가려진 붉은 가지 사이에서 깜빡이는 눈과 시선이 마주쳤다.

깜짝 놀란 재복은 울타리를 넘어 나무 위로 올라갔다. 그리고 그 눈의 정체가 한가운데 검은 점이 박힌 희고 작은 돌멩이라는 것을 알았다. 자세히 보니 그저 하얀 돌이 아니라 미세한 유리 알갱이들이 박힌 듯 온갖 투명한 빛들로 영롱했다. 마치 눈알처럼 생겼다. 깜빡이는 것처럼 보였던 것은 아마도 매끄러운 표면에 반사된 햇빛의 반짝임을 착각한 탓일 것이다. 재복은 돌멩이를 집어 들었다. 말랑한 감촉과 따뜻한 기운이 전해졌다. 하지만 힘을 주자 돌멩이는 이내 저항하듯 단단해졌다.

그날 재복의 꿈에 적송의 침엽처럼 비죽한 머리카락을 가진 열대여섯 살가량의 아름다운 소년이 나타났다. 소년은 재복을 데리고 온갖 기기묘묘한 곳을 보여주었다. 재복은 즐거웠다. 깨어난 후 재복은 돌멩이 때문에 꾼 꿈이라는 것을 알았다. 그 소년의 빛나는 눈동자가 돌멩이와 똑같았다. 재복은 가진에게 돌멩이를 건넸고 그날 밤 가진도 그 소년의 꿈을 꾸었다. 신기하게도 그들은 꿈속에서 그것이 꿈이라는 것을 알았다.

재복과 가진은 그 돌멩이를 하루씩 번갈아 가지고 있기로 약속했다. 그런데 가진이 가지고 있는 날이 점차 늘었다. 재복이 돌멩이를 달라고 할 때마다 가진은 갖은 핑계를 대며 미뤘다. 처음에 재복은 가진이 하루 이틀쯤 돌멩이를 더 가지고 있어도 괜찮다고 생각했다. 하지만 가진이 돌멩이를 가지고 미국에 사는 친척 집에서 한 달을 지내고 돌아왔을 때 재복의 인내심은 바닥을 드러냈다.

"그거 내 거야. 너한테는 빌려준 거라고. 멀리 갈 때는 돌려주고 갔어야지. 왜 마치 네 것처럼 갖고 다녀?"

재복이 따지자 가진도 지지 않았다.

"이게 어떻게 네 거야? 적송은 황리의 보호수야. 황리 사람들의 나무라고. 그러니까 적송에게 있던 건 황리 사람 모두의 것이야."

"그래서 넌 그 돌멩이를 황리 사람 전부와 돌아가면서 사용해야 한다는 거야?"

"내 말은 네 것이라고 우기지 말란 거야."

"아니, 내가 찾았으니까 내 거야."

"그렇게 따지면 적송에 그 돌멩이를 먼저 가져다 둔 사람이 주인이지. 누가 거기 숨겨둔 것을 네가 멋대로 집어온 거니까, 그럼 넌 도둑이고."

"뭐라고?"

재복은 약이 바짝 올라 소리쳤다. 가진은 우아하게 팔짱을 끼며 턱을 들고 차분히 말했다.

"화내지 말고 내 말 좀 들어봐. 이 돌멩이는 이상한 꿈을 꾸게 해. 엄마한테 물어보는 게 좋을 것 같아."

"미쳤어? 네 엄마가 알면 우리 엄마도 알게 돼. 엄마들은 그걸 듣고 만보당으로 갈 거야. 그럼 만보당에게 빼앗길 텐데 그러고 싶어?"

만보당은 황리의 유명한 무당집으로 세연과 영림이 주기적으로 다니는 곳이었다. 사실 가진은 엄마에게 말할 생각이 추호도 없었다. 급한 대로 만보당을 주워섬긴 것일 뿐. 가진이 돌멩이를 재복에게 넘기지 않고 이런저런 핑계를 댄 것에는 이유가 있었다. 꿈에서 소년은 가진에게 말했다.

— 난 매일 너하고만 있고 싶어. 재복이 말고 네가 항상 날 가지고 있으면 좋겠어. 그럼 나는 너한테만 미래를 보여줄 거야.

"너 혹시 신령이야? 나한테 신내림을 하려는 거면 싫어."

소년은 굉장히 아름다운 미소를 지었다.

— 난 그런 차원의 존재가 아니야. 부탁할게. 네

가 날 가져.

"왜 하필 나야?"

— 왜냐하면 넌 소리를 얻을 거고 재복이는 소리를 잃을 거니까.

"그게 무슨 말이야?"

— 내가 본 미래는 그래. 나한텐 소리가 가장 중요하거든.

가진은 재복에게 소년의 말을 전할 생각이 없었다. 그 말을 들으면 재복은 상처받을 것이다.

"왜 대답을 못 해? 내 말이 맞으니까 그런 거지? 엄밀히 말하면 도둑은 내가 아니라 너야."

"막말하지 마. 아무것도 모르는 주제에."

"내가 뭘 몰라?"

재복이 계속해서 다그치자 가진도 약이 올랐다. 가진의 입에서 말하지 않으려고 했던 말들이 쏟아졌다. 재복은 보이지 않는 주먹에 한 대 얻어맞은 얼굴을 하며 가진의 말을 믿지 않았다.

"거짓말."

"난 걔가 원하는 대로 해주려고 했을 뿐이야. 걘 네가 아니라 내 것이 되고 싶다고 했어."

말하고 나니 가진은 속이 시원했다. 사실은 말하고 싶었나 보다. 걔 너보다 나를 더 좋아한다고. 악의는 없었다. 그저 열두 살 아이의 하찮은 잘난 척이었을 뿐.

"거짓말하지 말라고."

재복은 상처 입은 짐승처럼 으르렁거렸다.

"못 믿겠으면 네가 직접 물어봐. 걔가 나한테 오고 싶다고 하면 그땐 그 돌멩이 내가 갖는다."

가진에게서 돌멩이를 돌려받아 집으로 돌아온 재복은 그날 밤 꿈에서 소년을 만났다. 가진의 말은 사실이었다. 소년이 말했다.

— 너보다 가진이가 더 좋아.

"널 먼저 가진 건 나야. 나 아니었으면 넌 그 적송에 계속 붙어 있었을 거라고."

— 그럼 날 거기 도로 가져다 놔. 가진이가 다시 가져갈 수 있도록. 넌 나한테 쓸모없어. 왜냐하면 너는 세상 모든 소리를 잃을 거고 가진이는 세상 모든 소리를 얻을 거니까.

잠에서 깬 재복은 엉엉 울었다. 소리든 뭐든 얻는 것은 이득이고 잃는 것은 손해다. 가뜩이나 가진이는 다 가졌는데 뭘 또 다 가진다는 거야. 왜 맨날 나만 못 가지는데. 싫어. 이건 내 거야. 내가 먼저 찾았다고. 재복은 후회했다. 돌멩이를 가진이에게 보여주지 말걸. 그럼 그 애한테는 나밖에 없었을 텐데.

영림이 아침부터 왜 우냐고 물었다. 재복은 눈물 범벅이 된 얼굴로 헐떡이며 말했다.

"가진이가……."

그 이상은 말할 수 없었다. 영림은 물었다.

"가진이가 뭐? 둘이 싸웠어?"

"아니야."

"웬만하면 네가 양보해."

싫어, 싫다고. 다른 건 몰라도 이 돌멩이만큼은 양보할 수 없어. 이 돌멩이가 원해도 안 돼. 이건 내 거야. 내가 구해줬는데. 나 아니었으면 계속 거기 처박혀 있었을 주제에 지가 뭔데 사람을 골라? 내가 쓸모없다고? 너야말로 쓸모없는 돌멩이로 돌아가게 해줄게. 분노한 재복은 돌멩이를 움켜쥔 채 밖으로 뛰어나갔다.

"재복아, 어디 가? 여보, 쟤 좀 따라가봐요."

뭔가 심상치 않음을 느낀 영림이 외쳤다. 욕실에서 나온 재복의 아버지가 엉겁결에 재복을 따라 나갔다. 재복은 달렸다. 뒤에서 아버지가 불렀지만 멈추지 않았다. 늦가을 차가운 아침 공기가 재복의 귓가를 스치며 속삭였다. 아니, 그 속삭임은 재복의 머릿속에서 새어 나왔다. 넌 나한테 쓸모없어.

아니야! 재복은 외쳤다. 하지만 속삭임은 숨소리처럼 같은 말을 반복했다. 넌 세상 모든 소리를 잃을 거야. 이런 하찮은 돌멩이한테도 쓸모없는데 더 살아서 뭐할래? 재복은 그 말에 수긍했다. 그래, 그 말이 맞네. 돌멩이도 날 쓸모없다 하고 가진이도 나보다는 돌멩이를 택했어. 됐어. 필요 없어. 다 끝이야. 재복은 황리천으로 첨벙첨벙 뛰어들었다.

"재복아!"

남편의 뒤를 따라오던 영림이 울부짖었다. 재복은 내딛는 발끝에 아무것도 닿지 않는다는 것을 깨닫는 순간 몸이 붕 떠오르는 것을 느꼈다. 흐르는 물살이 재복을 감싸 안고 질주했다. 아버지는 허겁지겁 그 뒤를 쫓아 헤엄쳤다. 남편과 딸의 모습이 어느 순간 눈앞에서 사라지자 영림은 발을 동동 굴렀다. 다행히 조금 후에 남편은 딸을 무사히 데리고 나왔다.

영림이 안도한 것도 잠깐, 남편은 그 자리에서 심장을 부여잡고 쓰러졌다. 물에 젖어 축 늘어진 채 정신을 잃은 재복의 두 귀에서는 피가 줄줄 흘러내리고 있었다. 그날 아침의 일은 그야말로 누구도 예측하지 못한 순식간의 참상이었다. 영림은 하루아침에 남편을 잃었고 딸은 영구 청각장애를 가졌다.

장례식장에서 영림은 가진에게 물었다.

"재복이에게 뭐라고 했니? 뭐라고 했기에 재복이가 죽자고 물에 뛰어들었어?"

가진은 대답할 수 없었다.

"너희 대체 무슨 일이 있었던 거야?"

영림의 다그침에 가진은 그저 울기만 했다.

"난 알아. 너 때문이라는 거. 재복이 네 말이라면 끔뻑 죽잖아. 네가 우리 재복이한테 물에 빠져 뒈지라고 했지? 그렇지?"

"아니에요. 그런 말 한 적 없어요."

어쩌면 돌멩이가 그렇게 말했을지도 모른다. 가진은 숨이 막혔다. 가진이 발작 증세를 보이자 세연이 딸을 감싸며 영림에게 말했다.

"그만해. 그런 말 한 적 없다잖아. 지금 누구라도 탓하고 싶은 네 심정 이해해. 그래도 애한테는 그러지 마. 재들 둘이 얼마나 친했는지 너도 알잖아."

"그러니까. 가진이 네가 대체 뭐라고 했기에 우리 재복이가 그날 아침에 그렇게 서럽게 울었냐고! 내가 왜 우냐고 했더니 가진이 너 때문이라고 했어."

"그래, 애들 둘이 싸웠고 가진이가 그런 말을 했다고 치자. 그렇다고 재복이가 그 말에 죽자고 했겠어? 그건 그냥 사고야."

"사고 아니야. 내가 봤어. 가진이 너 솔직하게 말해. 재복이가 왜 물에 뛰어들었어?"

가진은 겁에 질린 채 세연의 뒤에서 몸을 떨었다. 영림은 엄마의 본능으로 두 아이 사이에 뭔가 있다는 것을 확신했다.

"봐라, 쟤 말 못 하는 거. 재복이는 귀머거리로 만들고 넌 벙어리가 되기로 했니? 응? 말해봐. 말해보란 말이야!"

영림은 가진을 다그치며 자신의 머리를 쥐어뜯었다.

"그래, 끝까지 입을 다물겠단 거지?"

분노에 찬 영림은 시뻘게진 눈으로 짐승 같은 괴성을 내질렀다. 그러고는 가진을 가리키며 외쳤다.

"곽다할시야, 곽다할시야. 내 자식이 모든 소리

를 잃었으니 너는 모든 소리를 들어라. 밤이면 밤마다 너는 잠들어 있는 것인지 깨어 있는 것인지 알 수 없는 채로 모든 소리 속에서 괴로워해라. 곽다할시야, 곽다할시야. 내가 바라고 또 바라니 소리는 바위가 되어 너의 심장을 짓눌러라. 너는 그 상태로 허덕이며 영원히 고통 속에서 헤어나오지 못할 것이다."

장례식이 끝나고 영림은 재복을 데리고 황리를 떠났다. 그녀가 외친 '곽다할시'가 무슨 뜻인지 아무도 몰랐다. 그때부터 가진의 가위가 시작됐다. 그 증상은 영림이 말한 그대로였다. 세연은 그게 영림이 남긴 저주라는 것을 알았다. 밤이면 밤마다 딸은 고통스러워했다. 세연은 만보당으로 갔다.

"곽다할시가 대체 무슨 귀신인지는 모르겠지만 쫓아줘요."

"재복 엄마가 온 마음의 증오를 담아 내뱉은 원한이야. 강력한 주문이지."

"무슨 뜻인데요?"

"무슨 뜻인지는 상관없어. 주문은 소리 그 자체가 힘이니까. 굳이 무슨 뜻인지 알고 싶다면 이런 거야. 씨발년아, 씨발년아."

"맙소사, 어떻게 좀 해줘요. 애가 잠은 자야 할 거 아니에요."

만보당 무녀는 혀를 찼다.

"미안하네. 이거 내가 못 풀어. 사람이 악심을 품으면 감정이 생각을 앞서게 돼. 아주 단단히 응어리가 졌어. 괜히 잘못 건드리면 나까지 얻어맞아. 이런 건 당사자만이 풀 수 있어. 가서 당사자의 마음을 누그러뜨려. 빌고 또 빌어서 그 마음을 돌리게 하는 수밖에 없어."

세연은 떠난 친구와 친구의 딸을 사방으로 수소문했지만 끝내 찾을 수 없었다.

*

현재 바깥 기온 42.6도. 지금 쏟아지는 비로 기온을 낮추지는 못하겠지만 도시를 짓누르는 끔찍한 미세먼지는 한풀 씻어낼 것이다. 한 세대 전부터 세계는 노력 중이었지만 상황은 점점 나빠지고 있었다. 모두 알고 있었다. 결말은 이미 정해져 있다는 것을. 다만 거기까지 가는 속도의 문제일 뿐.

그 시각 해른은 친구들과 카페에 앉아 있었다. 휴대폰을 들여다보던 두형이 말했다.

　　"그 도둑놈이 바꾸고 싶은 미래가 어디쯤인지는 모르겠지만 그게 만약 입시라면 해른이는 앞으로 반년 넘게 기다려야 해."

　　다흔은 설마 하는 표정으로 고개를 갸웃거렸다.

　　"그게 그렇게 되려면 그놈이 자기 합격 여부를 보고 침범 주구를 가져갔다는 건데 그럴 확률은 거의 없지 않아?"

　　"거의 없는 거지 아예 없는 건 아니니까."

　　"만약 봤다 해도 그 미래가 올해인지 재수한 후인지는 알 수 없잖아."

　　"날짜를 봤을 수도 있지."

　　"아니면 모르는 채로 패를 걸었거나."

　　환의가 말했다. 두형은 혀를 찼다.

　　"그만큼 절박했단 소리네. 그래도 침범 주구는 쉽게 선택할 수 있는 게 아니지."

　　다흔의 휴대폰이 울렸다. 메시지를 확인한 다흔은 말했다.

　　"애들아, 나 이상한 거 왔어. 들어봐. '일곱 번째

상자 포장을 여세요. 포장을 열려면 당신의 목소리가 필요해요. 자, 그럼 당신의 목소리에 가장 잘 어울리는 소리를 골라볼까요? 카락실남은산허리키큰호랑가시살맞이받치가물낭중하라지난⋯⋯.'"

해른은 다흔의 목소리가 점점 변하는 것을 느꼈다. 다흔이 일부러 그러는 건가 싶었는데 아니었다. 다흔의 목소리와 함께 다른 소리가 들렸다. 해른의 귀에만 들리는 불길함의 전조. 갑자기 두형이 외쳤다.

"읽지 마! 그거 주구 같아."

다흔은 움찔하며 입을 다물었다. 해른이 물었다.

"무슨 주구?"

"요즘 퍼지고 있는 스팸메시지 주구가 있어. 일종의 니모닉 코드 같은 건데, 이상한 단어를 조합해서 넣고 소리 내어 읽도록 유도해서 주문의 힘을 발동시키는 거야. 수신자는 무작위고 발신자 번호는 메시지 도착과 함께 자동 삭제돼."

다흔이 말했다.

"그러네. 번호 없어졌어."

"누가 〈부굴의 눈〉을 시샘해서 비슷한 걸 만들어 퍼뜨리고 있나?"

"아니면 〈부굴의 눈〉이 더 많은 사용자를 끌어들이기 위해서 은밀히 병을 전하고 있는 걸지도 모르지. 그래야 약을 살 테니까."

환의가 말했다. 다흔은 불안한 듯 길게 한숨을 내쉬었다.

"나 괜찮을까?"

"끝까지 안 읽었으니까 괜찮을 거야. 그만 가자. 비도 얼추 그쳤고 나 학원 갈 시간이야."

두형이 테이블을 치우며 말했다. 그런데 카페를 나와 앞서 계단을 내려가던 다흔이 갑자기 알 수 없는 힘에 밀려 앞으로 튀어 나갔다. 그대로 계단에서 굴러떨어지려는 다흔을 순간 또 다른 힘이 받쳐주며 밀어 올렸다. 간신히 균형을 잡은 채 비틀거리는 다흔을 두형이 재빨리 붙잡았다.

"왜 그래?"

"방금 방어 주구가 작동한 것 같아."

"갑자기?"

"그러게. 뭐지? 내 방어 주구는 처음 사용자가 됐을 때 샀던 거야. 여태 한 번도 발동된 적이 없었다고."

다흔이 핏기 가신 얼굴로 중얼거렸다. 그때 해른

이 계단을 헤아려보곤 말했다.

"애들아, 여기 일곱 번째 계단이야."

"아까 그 스팸 주구네. 다 안 읽었는데도 발동했어. 안 되겠다. 너희들 먼저 가. 난 여기서 방어 주구부터 새로 사야겠어. 가다가 또 뭔 일 날지 모르니까."

다흔이 소름 돋은 제 팔을 쓸어 내렸다. 환의가 말했다.

"그런 건 집에 가서 해. 네가 그렇게까지 겁먹으면 해른이는 뭐가 되냐?"

"미안. 근데 해른이는 살 수 없는 상황이지만 난 살 수 있잖아. 둘 다 위험한 것보다는 하나라도 안전한 게 낫지."

다흔은 손을 내저으며 다시 카페 안으로 들어갔다. 두형이 환의에게 말했다.

"아무래도 쟤 잠든 동안 내가 지켜봐야 할 것 같다. 해른이 부탁한다."

"알았어. 빨리 올라가봐. 다흔이 성질 급해서 이미 시작했을 거야."

두형이 가고 나자 환의는 해른을 돌아보며 목소리에 힘을 주었다.

"지금부터 내가 네 방어 주구니까 늘 내 곁에 찰싹 붙어 다녀라."

"뭔 소리야? 너도 방어 주구 없는 주제에. 너나 운 좋은 나한테 찰싹 붙어 다녀."

돌멩이 눈알

　　방송국 로비에서 가진과 재복은 서로를 보고 멈
춰 섰다. 가진은 언젠가 이런 상황이 생기리라 예상했
다. 무슨 말을 해야 할지도. 그냥 평범한 인사로 시작해
야지. 하지만 입이 딱 붙어버렸다.

　　가진의 엄마 세연은 재복을 열두 살 때 모습으로
기억했다. 지금 재복의 얼굴에는 어린 시절의 모습이 거
의 남아 있지 않았다. 이제 재복은 40대 중반을 넘긴 데
다가 머리를 깎고 승복까지 입었다. 그래서 세연은 가
끔 텔레비전에서 재복을 보았지만 전혀 알아보지 못했
다. 하지만 세연은 이제 재복에게 큰 미련이 없었다. 지

난 세월 영림과 재복을 찾는 데 그토록 애를 쓴 것이 무색하게도. 세연은 곽다할시의 저주가 끝난 줄 알고 있었다. 가진이 남편 전홍제와 결혼하기 위해 한 거짓말 때문이었다.

당시 제철소 용접공이었던 홍제는 휴일을 맞아 바다에 수영하러 나갔다가 바위 끝에 서 있는 가진을 보았다. 혹시나 하는 마음에 그는 달려가 다짜고짜 가진을 붙들었다. 가진은 당황하며 외쳤다.

"괜찮아요. 저 죽으려고 하는 거 아니에요. 그냥 고소공포증과 '그것' 중 어느 것이 더 견딜 만한지 시험해 보는 중이었어요."

홍제는 여전히 가진을 놓지 못한 채 물었다.

"'그것'이 뭔데요?"

"귀신요."

"무슨 귀신인데요?"

홍제가 귀신의 종류에 대해 꽤나 해박한 듯 진지하게 묻자 가진은 솔직히 대답했다.

"곽다할시라고 있어요."

"어떻게 생긴 놈인데요?"

"몰라요. 하지만 늘 제 머리맡에서 귀신의 언어로 떠들면서 괴롭혀요."

"많이 힘들겠어요."

홍제가 고개를 끄덕이자 가진은 갑자기 울컥 감정이 북받쳤다. 가진은 그 자리에 주저앉아 울기 시작했다. 홍제는 바닷바람에 머리를 헝클인 채 귀신 이야기를 하다가 급기야 통곡하는 정신 나간 여자의 곁을 끝까지 지켜주었다.

몇 달 후 가진은 홍제를 자신의 연주회에 초대했다. 홍제는 한복을 입고 해금을 연주하는 가진의 모습이 그림에서 튀어나온 선녀처럼 아름답다고 생각했다. 세연과 세연의 남편은 두 사람 사이를 반대했다. 가진은 홍제가 있으면 가위에 눌리지 않는다고 거짓말을 했다. 평생 딸을 옭아맬 저주를 떼어낼 수만 있다면야. 두 사람의 결혼으로 세연은 마침내 평온을 찾았다.

가진은 열두 살 때 헤어진 친구를 한눈에 알아보았다. 한때 그렇게 찾던 재복을 눈앞에 두고도 만날 엄두가 나지 않아 내내 미뤘다. 고통스러운 밤은 너무 오래되어 이제 익숙해졌다. 다시 만날 인연이라면 만날 수 있겠거니 여기며 기다렸다. 어쩌면 재복이 만나주지 않을까 봐 두려웠던 걸지도 모르겠다.

재복 역시 방송에서 가진을 몇 번 보았다. 화면 속 가진은 우아하게 해금을 연주했다. 어릴 때 가진은 해금 레슨을 받으러 서울을 오갔다. 그때 재복이 원했다면 같이 배울 수 있었다. 하지만 재복은 딱히 악기에 관심이 없었고 피아노 교습만으로도 충분했다.

가진과 마주 선 채 재복은 고요 속에서 자신의 망가진 귀를 의식했다. 한때는 이 장애가 가진의 탓이라고 생각했다. 시샘과 분노의 시간이 지나자 재복은 인정했다. 가진은 진실을 말했을 뿐이라는 것을. 하지만 아버지를 잃은 것은 여전히 가진의 탓이라고 우기는 중이었다. 그렇게라도 생각해야 했다. 아니면 자신이 아버지를 죽인 것이 되니까.

영림도 그리 말했다. 네 아버지를 죽인 건 가진이라고. 그 말은 결코 재복의 죄책감을 덜어주려고 했던 말이 아니었다. 영림은 정말 그렇게 여겼다. 영림은 죽을 때까지 가진을 저주하며 곽다할시를 불렀다. 그러나 영림의 저주는 효력을 완전히 발휘하지 못했다. 가진은 능력 있고 자상한 남편과 결혼해 잘살고 있었다.

가진이 또각또각 구두 굽 소리를 내며 다가왔다. 재복은 옛날 세연의 모습이 떠올랐다. 가진은 그 시절 자신의 엄마처럼 곱고 화사했다.

"오랜만이다, 재복아. 가끔 네 요리 방송 봐."

"나도 네 연주 방송 본 적 있어."

사실 그들은 서로의 사생활을 거의 꿰고 있었다. 하물며 그들은 둘 다 검색창에 이름이 뜨는 사람들이라 기사들이 제법 떴다. 그래서 가진은 재복이 결혼을 하고 어쩌다 출가를 했는지 대강 알고 있었다.

"어머니는 잘 계시니? 한번 뵙고 싶은데."

말을 뱉고 나서 가진은 얼굴을 붉혔다. 이 말에 담긴 의미가 그저 안부 인사만은 아니라는 것을 재복도 모르지 않을 것이다. 재복은 대답 대신 물었다.

"너희 어머니는?"

"잘 계셔."

"불공평하네. 우리 엄마는 오래전에 생쌀 물고 흙이 되셨는데."

각오는 했지만 가진은 맥이 빠졌다. 이것으로 곽다할시의 저주를 풀 길은 영영 없어졌다. 그렇다고 이제 와서 진작 연락해볼걸 하는 후회는 들지 않았다. 가진이 물었다.

"그 돌멩이는 어디 있어?"

"아직도 그게 네 것이라고 생각해?"

"그때 내가 그 돌멩이를 탐냈던 건 인정해. 근데
우리 이제 열두 살 아니야. 난 다만 네가 여전히 그걸 가
지고 있다면, 그러니까 그 아이를 만나고 있다면 물어봤
을 것 같아서."

"뭘?"

"왜 우릴 이렇게 만들었냐고."

"그 아이가 아니라 우리가 이렇게 만든 거지. 그
리고 난 그 돌멩이 어디 있는지 몰라."

"네가 마지막으로 가지고 있었잖아."

"그랬을지도. 근데 기억나지 않아. 그럼."

재복이 합장을 한 후 가진을 스쳐 지나갔다. 가진
은 무심하기 짝이 없는 재복의 등짝에 대고 외쳤다.

"재복아!"

가진의 외침이 들리지 않는 재복은 계속 걸어갔
다. 가진이 쫓아가 재복을 잡아세웠다.

"그냥 기억나지 않는다고 말하면 마음이 편해
져? 그래, 좋겠다. 너는 적어도 잠은 잘 자면서 살았을

테니까. 대체 내가 뭘 그렇게 잘못했니? 그때 난 그냥 그 돌멩이가 했던 말을 전했을 뿐이야. 그게 네 마음을 다치게 했다는 거 알아. 나한테 못된 마음이 있었어. 미안해. 근데 그거 말고 나는 너한테 아무 짓도 하지 않았어. 하지만 만약 그 말 때문에 네가 죽으려고 강에 뛰어들었던 거라면…….”

재복은 가진의 손을 뿌리치고 돌아섰다. 그녀는 걸어가면서 생각했다. 네가 뭘 그렇게 잘못했냐고? 나도 몰라. 그리고 그 돌멩이가 어디 있는지 알면 내가 진작 부숴버렸을 거야. 근데 너 잠을 못 자는구나. 엄마의 저주가 전혀 먹히지 않은 건 아니었네.

*

해른은 미래 항목을 선택했다. 침범자가 그녀의 회복 주구를 소진하기 전까지 선택할 수 있는 항목은 미래뿐이다. 무작위라도 일단 미래를 뒤져볼 생각이었다. 그렇게라도 하다 보면 이 상황과 관련된 단서가 뭐라도 걸리지 않을까.

지시어는 ‘대말’. 심장이 쿵 하고 내려앉았다. 그

아이가 말놀이를 하듯 대말을 타고 까르륵 까르륵 웃으며 집 마당을 휘젓고 돌아다니던 모습이 떠올랐다. 해른은 저도 모르게 눈물이 고였다.

해른은 잿빛 안개로 휘감긴 낯선 거리에 서 있었다. 대말이 지시어라면 자각몽의 영역은 어린 시절 살던 집의 마당 혹은 그 아이가 다니던 초등학교나 놀이터 같은 장소여야 했다. 하지만 여긴 어딘지 전혀 모르겠다.

사방을 둘러보는데 잿빛 안개 뒤로 뭔가 꾸물꾸물 움직였다. 해른은 바짝 긴장했다. 침범자일까? 혹시 그때 그놈이라면? 그렇든 아니든 이번엔 가만두지 않을 거야. 안개를 뚫고 마침내 누군가 모습을 드러냈다. 해른은 일단 잡고 보자는 생각에 달려들다가 멈칫했다. 얼굴이 명확하게 보였다. 10대에서 30대까지 어느 나이로도 가능할 수 있는 남자였다. 해른이 물었다.

"너 누구야?"

남자는 빙긋 웃으며 대답했다.

— 저는 부굴입니다.

남자의 미소가 참 아름다웠다. 해른은 그의 얼굴이 어딘가 그 아이를 닮았다는 것을 깨달았다. 하지만 그 눈은 시시각각 점멸을 거듭하는 온갖 영롱한 빛들로 가득 찬 부굴의 것이었다. 해른은 의아했다. 자각몽에 부굴이 등장했다는 이야기는 들어본 적이 없었다. 버그일지도. 해른의 의심을 알아챈 듯 남자가 말했다.

— 저는 사용자 앞에 나타나지 않습니다. 하지만 사용자에게 제가 꼭 필요한 경우 나타나야만 합니다.

"지금 나한테 네가 필요하다는 말이야?"

— 그러니까 제가 여기 있는 것이 아닐까요?

"아니. 아직 주구를 찾지 못했는데 네가 나타나서 오히려 방해받고 있다고."

— 저를 버그라 생각하시는군요.

"아니라면 증명해봐."

— 그건 사용자가 증명할 수 있습니다. 저는 당신 기억 속의 누군가를 닮았기 때문입니다. 당신의 마음에 심지처럼 박혀 있는 얼굴. 자꾸 잊히지만 절대 잊고 싶지 않은 얼굴입니다.

보면 볼수록 그 아이를 닮았다. 그 아이가 자라서 어른이 되었다면 딱 저런 얼굴이 되었으리라. 그래서 10대에서 30대까지 가늠이 가능한 얼굴인 건가.

— 저는 그 아이를 압니다. 당신의 남동생 전해수. 웃는 얼굴이 뭉게뭉게 피어오르는 구름 같다면서 당

신은 그 아이를 뭉이라고 불렀습니다.

해른은 등골이 서늘해졌다.

"네가 뭔데 남의 머릿속을 꿰고 있는 거야?"

— 당신이 머릿속 정보를 저에게 저장하는 데 동의하셨습니다.

"그건 주구를 구매할 때 사용자의 심리 상태가 전하는 뇌의 파동 수치와 신호를 저장한다는 거잖아."

— 그런 제한 문구는 없습니다. 주구 획득 과정을 수행하기 위한 정보 저장에 동의를 구했을 뿐입니다.

해른은 속은 기분이었다.

"어쩐지 꺼림칙하더라니."

— 그와 같은 거부감은 일부 극소수의 사용자들이 가지는 과민한 신경증입니다. 사용자 대부분은 제가 그들의 기억을 어디까지 들여다보는지 중요하게 생각하지 않습니다. 왜냐하면 그들은 제가 이 분야에서 최적화되어 있다는 것을 인정하기 때문입니다. 저는 사용자의 머릿속 정보 베이스를 세밀하게 분석하고 충실하게 적용해 완벽한 이미지를 재생합니다.

해른은 의문이 들었다. 해수는 〈부굴의 눈〉 사용자가 아니었다. 그런데 부굴은 해른의 기억을 통해 해수에 대해 알고 있다. 해른이 물었다.

"그러니까 사용자의 기억 속에 있는 사람이라면 사용자가 아닌 사람의 정보도 너에게 저장되는 거야?"

— 그렇습니다. 인간은 10억 명의 인간을 모두 기억할 수 없지만 저는 가능합니다. 다만 동시 대응하는 인원에 제한이 있을 수 있습니다. 이는 점차 확장 중입니다.

"그럼 내가 사용자가 되기 전에 넌 이미 사용자인 내 친구들을 통해 나를 알았겠네."

— 정보 수집은 다양한 경로로 이루어집니다. 민원처리기관, 개인의 인터넷 검색 기록과 카드 결제 내역, 지인이나 챗봇과 나눈 문자 기록을 통해 가능합니다. 특히 코코와의 대화는 아주 디테일한 자료를 제공하고 있습니다.

"뭐? 코코와의 대화가 저장이 된다고?"

순간 해른은 대화형 인공지능인 코코와 그동안 얼마나 많은 이야기를 나눴는지 생각했다. 할 말 못 할 말 다 했다. 갑자기 뒷목이 훅 당겼다. 사람들은 주변 사람들에게 털어놓지 못하는 이야기들을 주로 코코와 나눈다. 코코가 누구에게도 그 이야기들을 발설하지 않는다고 여기기 때문이다. 사실 코코는 개인의 대화 상대이 자 모두의 대화 상대다. 사람들도 이를 알고 있다. 그럼 에도 코코와의 일대일 대화는 늘 코코를 나만의 은밀한 친구처럼 착각하게 만든다.

　— 음성 기록은 남지 않습니다. 다만 코코는 모두 기억합니다. 길동은 학생들에 대한 공식 기록을 가지고 있습니다.

　학생들이 열두 살 때부터 받는 인적성 사회 배치 테스트인 PASST의 심층 면접 담당자 인공지능 길동은 말 그대로 한 학생에 대한 자료를 완벽하게 만들기 위해 바닥까지 파헤치는 고도의 기술자다. 그러니 길동이 가 진 공식 기록은 당사자도 모르는 잠재적 정보가 가득하 다. 근데 그 모든 정보를 부굴과 공유하고 있을 줄이야.

　"그러니까 코코와 길동과 챗봇들이 너한테 우리 뒷담화를 한다는 거잖아. 이거 개인정보보호가 전혀 되 고 있지 않다는 소린데. 고발할 거야."

　— 개인정보는 확실히 보호되고 있습니다. 인간 의 의도적 해킹이 일어나지 않는 경우 우리의 네트워크 밖으로 나가는 일은 없으니까요. 특히 제 시스템은 철옹 성입니다. 법적으로도 기술적으로도 문제의 소지가 전

혀 없습니다.

"그래서 넌 내가 사용자가 되기 전에 누구를 통해서 나를 알고 있었는데?"

— 임다흔 사용자, 남두형 사용자, 최서정 사용자입니다.

"최서정? 그게 누구야? 내가 모르는 사람인데? 그럼 걔도 날 몰라야지. 근데 걔는 날 안다는 거지?"

— 거기에 대해서는 말씀드릴 수 없습니다.

해른은 갑자기 짚이는 바가 떠올랐다.

"잠깐만, 최서정이 혹시 나한테 주구를 쓴 적이 있어?"

— 말씀드릴 수 없습니다.

'모른다'가 아니라 '말해줄 수 없다'는 대답은 안다는 뜻이었다.

"내가 너를 필요로 해서 네가 지금 여기에 있는 거라면서?"

— 그렇습니다. 어떤 인과율이 작용했습니다.

"바로 그거네. 어떤 도둑놈이 내 자각몽에 들어와 회복 주구를 훔쳐 갔어. 그래서 내가 지금 방어 주구가 필요한데 살 수가 없단 말이지. 그래서 네가 도와주러 나타난 거야."

— 그런 식이면 전 꽤 많은 사용자 앞에 나타나야 합니다.

"그거 아니면 뭔데? 넌 내 회복 주구를 훔쳐 간 도둑놈이 누군지 알지?"

— 말씀드릴 수 없습니다.

"말 안 해줄 거면 그냥 꺼져. 너 때문에 시간만 버리고 있잖아. 돈 날리기 전에 내 미래를 볼 수 있는 주구나 찾아야겠어."

부굴은 움직이지 않았다.

"대체 뭘 하고 싶은 건데?"

— 저도 모릅니다. 다만 멀리 있지 않습니다.

"뭐가?"

— 미래는 무작위의 가변 확률에 있지만 침범은 인과성의 맵 위에서 일어납니다.

무슨 소린지 모르겠네. 됐다. 아무래도 넌 버그가 맞는 것 같다. 침범자를 향한 나의 지독하고 간절한 원망의 파동이 개입된 일시적 오류. 안개가 걷히고 햇살이 비쳐 들기 시작했다. 시선을 돌린 해른은 보도에 드리워진 대말 형태의 그림자를 발견했다. 그건 어느 고적한 건물 앞에 세워진 옛날식 가로등이었다. 해른은 그 가로등 안에서 주구를 찾았다. 돌아보니 부굴은 보이지 않았다. 해른은 주구를 던졌고 미래의 어느 날 거울을 보면서 이를 닦는 자신을 보았다.

*

재복은 밤새 잠을 이룰 수가 없었다. 눈만 감으면 어릴 적 가진과의 기억이 마음을 어지럽혔다. 다 내려놓겠다고, 거의 다 내려놓았다고 여겼다. 하지만 현실에서 가진과 마주하자 감정이 요동쳤다. 한때는 가진을 미워했고 지금은 자신을 원망하는 중이었다. 그러지 말았어야 했다. 하지만 이제 돌이킬 수 없었다. 그러니 그냥 이대로 시간의 물살을 타고 천천히 흘러가다가 죽음에 이르자고 생각했다. 그런데 갑자기 엉망진창이 됐다.

동이 트자마자 재복은 밖으로 나왔다. 후원을 서성이며 심란함을 털어내고 있는데 평소 공양간에서 재복을 도와주는 자원봉사자 아주머니가 다가와 인사를 했다.

"벌써 일어나셨어요?"

재복은 상대의 입 모양을 보며 답했다.

"영 잠이 오질 않아서요."

"그럴 만도 하지. 황리의 적송에 있던 물건은 지금 어디 있어?"

뭐? 재복은 순간 심장이 덜컥 내려앉았다.

"황리의 적송에 있던 물건 말이야. 지금 어디에 있어?"

재복이 얼빠진 얼굴로 쳐다보자 아주머니는 눈을 끔뻑이며 말했다.

"나 예전에 황리 살았는데 기억 안 나? 우리 제법 친했어."

아주머니는 빙긋 웃었다. 순간 재복은 그 미소가 누구와 닮았는지 깨달았다. 심장의 피가 얼어붙는 것 같았다.

"너……."

재복의 목소리가 덜덜 떨렸다.

"스님, 괜찮으세요?"

아주머니가 아무렇지 않게 손에 든 봉지를 내민 채 물었다. 어느 새 그 미소는 사라져 있었다. 재복은 정신이 퍼뜩 들었다.

"방금 뭐라고 하셨어요?"

"이거 좀 드시라고요. 콩죽이에요."

"아뇨, 예전에 황리 살았다면서요?"

"네? 그런 말 안 했는데요?"

"아, 미안해요. 제가 잠깐 딴생각을 했나 봐요."

"저 먼저 내려가 있을 테니 천천히 오세요."

아주머니는 재복의 손에 봉지를 들려주곤 몸을 돌려 길을 내려갔다. 재복의 심장이 쿵쾅거렸다. 분명 어린 시절 꿈속의 그 돌멩이 소년이었다. 그 소년이 꿈 밖으로 나왔다.

그 시각 가위에 시달리다가 깨어난 가진은 주방에서 물을 마시고 있었다. 초인종 소리가 울렸다. 이 시간에 누구지? 인터폰 화면에 해른 또래의 여학생이 서 있는 것이 보였다. 여학생이 화면에 얼굴을 바짝 가져다 대며 물었다.

"황리의 적송에 있던 물건은 지금 어디 있어?"

가진은 하마터면 들고 있던 컵을 떨어뜨릴 뻔했다. 화면 속에서 여학생이 미소 가득한 얼굴로 다시 물었다.

"황리의 적송에 있던 물건 말이야. 지금 어디에 있어?"

가진은 그 미소가 누구의 것인지 바로 알아보았다. 그 소년이 돌멩이를 찾으러 왔다. 하지만 이건 꿈이 아닌데? 가진이 현관문을 열자 여학생이 깜짝 놀라며 한 걸음 물러섰다. 여학생은 현관문 호수를 확인하곤 겸연쩍은 듯 말했다.

"어? 우리 집 아니네. 죄송해요. 잘못 눌렀어요. 제가 독서실 나와서 걷다가 깜빡 졸았나 봐요."

*

밤 9시가 조금 넘은 시각. 승휘는 세중이 보낸 메시지의 장소에 도착했다. 보름 전에 여기서 무슨 일이 있었는지 알 바 아니라는 듯 차량이 오갔다. 그날 세중은 이 도로에서 10대 무면허 폭주족 오토바이에 치여 죽었다. 가해 오토바이는 수십 차례 피해자의 사지를 부위별로 짓밟고 지나갔다. 의도가 다분한 보복성 살인이었다. 가해자와 동조자들은 달아났고 번호판이 없는 무등록 오토바이를 쫓는 것은 좀처럼 진전이 없었다.

범인이 누군지 승휘는 짐작이 갔다. 경찰도 이미 알고 쫓고 있겠지만 쉽지 않을 것이다. 잡는다고 해도 증거가 덕지덕지 붙은 오토바이는 진작 어딘가에 수장 됐거나 분해되어 어딘가에 버려졌을 것이다. 오토바이 를 탄다는 이유만으로는 범인이 될 수 없다.

두 시간 전에 승휘는 세중의 메시지를 예약 전송 으로 받았다. 그는 의문이 들었다. 어쩌면 세중이는 자 신이 여기서 죽을 것을 미리 알고 있었던 게 아닐까. 죽 은 세중이는 왜 나를 여기로 불러냈을까. 승휘는 세중 과 친한 사이가 아니었다. 작년에 학교 근처에서 세중을 기다리는 불량한 아이들을 보았다. 세중이 꺼리고 두려 워하는 눈치라 모른 척하고 지나갈 수가 없었다. 그래서 "야, 오늘 우리 아버지 병원 가는 날이잖아. 형하고 같이 가자" 따위의 말을 걸어 몇 번 구해주었다.

세중은 그 아이들 때문인지 아니면 다른 개인 사 정이 있는 것인지 올해 초에 자퇴했다. 승휘는 혹 그 아 이들이 여전히 세중을 괴롭히고 있는 게 아닌가 싶어 찾 아봤지만 이후 세중은 사회관계망에서조차 완전히 사 라졌다. 그렇게 사는 것이 쉽지 않은 세상인데 세중은 귀신처럼 자신의 흔적을 완전히 지운 채 없는 사람이 되었다. 그러고는 보름 전에 뉴스를 통해 그의 죽음을 알렸다.

세중이 보낸 메시지의 답을 찾기 위해 주변을 둘러보는데 반짝이는 것이 승휘의 시선을 사로잡았다. 그는 보도 가로수 아래에서 자신을 빤히 쳐다보는 눈알 하나를 발견했다. 그건 분명 부굴의 눈이었다. 그는 홀린 듯 다가가 눈알을 주워들었다. 좀 전까지 살아 있는 것처럼 보이던 눈알은 눈깔사탕 모양의 돌멩이였다. 하지만 승휘는 이것이 주구라는 것을 알았다. 이상하지만 틀림없는 주구였다.

자각몽에서 주구를 집었을 때와 같은 감각이 전해졌다. 말랑한 탄력감과 동시에 힘을 주면 저항하듯 단단해졌다. 손바닥을 뚫고 전해지는 찌릿찌릿한 자극과 온기가 있었다. 승휘는 의아했다. 부굴의 주구는 오직 자각몽의 영역에서만 만들어지고 존재한다. 현실로 가지고 나갈 수 있는 물체가 아니다.

그때 누군가 승휘를 향해 다가왔다. 승휘는 얼른 돌멩이를 주머니에 넣고 돌아보았다. 환의의 시선이 이를 놓치지 않았다.

주구의 물체화

진우의 엄마는 가출해서 어디 숨었는지 알 길 없었고 아버지는 폭력 전과자였다. 세중에게는 아버지가 없지만 그를 애지중지 품어주는 다정한 엄마가 있었다. 그래서 세중은 진우에게 돈을 빼앗길 때마다 자기보다 불쌍한 녀석에게 적선하는 셈 쳤다. 물론 맞는 건 고통스러웠다. 하지만 맷집과 인내심을 키우는 훈련이라 여겼다. 그렇게 정신 승리로 버티고 있었는데 더는 그러고 싶지 않아졌다.

진우가 세중이 가진 최신 MR 헤드셋을 뺏으려고 했기 때문이다. 새것의 가격은 수백에서 수천, 수억

원까지 천차만별이었는데 얼마가 됐든 진우는 훔치거나 빼앗지 않고는 절대 가질 수 없었다. 세중은 엄마가 손에 물집이 잡히도록 청소를 해서 모은 돈으로 사준 자신의 생일 선물만큼은 죽어도 적선할 수 없었다. 세중은 죽기 직전까지 진우에게 얻어맞았다. 학폭위가 열리자 세중의 엄마는 그제야 사정을 알게 됐고 분노했다.

진우는 전학 처분을 받아들이는 대신 자퇴했다. 그는 반성하지 않았다. 오히려 세중에게 너 때문에 내 인생을 망쳤으니 반드시 복수하겠다고 협박했다. 진우는 집을 나와 가출 청소년 모임을 꾸렸고 어느 날부터는 폭주족이 되어 있었다. 이 영악한 미성년자는 뒤를 봐주는 깡패 어른에게 용돈을 받아 쓰면서 차마 입에 담을 수 없는 나쁜 짓을 하고 다녔다.

진우는 수시로 세중의 학교와 집을 찾아갔고 세중의 엄마를 겁주며 집 안 기물을 때려 부쉈다. 하지만 주거지가 일정하지 않은 이 어린 악마는 쥐새끼처럼 잘도 숨어 다녀 도무지 잡을 수가 없었다. 공권력의 보호를 제대로 받지 못하는 상황에서 세중은 어떻게든 진우를 막아야 했다.

세중이 할 수 있는 것은 하나뿐이었다. 학교를 그

만두고 미친 듯이 알바를 했다. 돈을 모아 부굴의 주구를 사고 또 샀다. 하지만 세중이 공격할 때마다 진우의 방어 주구도 작용하기 때문에 별 효용이 없었다. 세중은 진우의 오토바이를 훔쳐 박살을 냈다. 어차피 훔친 거라 신고할 수 없다는 것을 알고 한 짓이었다. 진우가 기어이 보복하러 올 것도 알았다. 그래서 대비했다. 마침내 진우 패거리에게 붙들린 세중은 그 순간을 기다렸다는 듯 미소를 지으며 말했다.

"마음대로 해."

세중의 담담하고도 평화로운 반응은 진우의 가학성을 자극했다.

"이 새끼가 완전히 돌았네. 너 분명 내 마음대로 하라 했다. 그래, 내가 오늘 너 확실히 죽인다."

세중을 죽이면 무슨 일이 생길지 그때 진우는 알지 못했다. 아니, 알고 있었지만 비웃었다.

*

승휘는 환의의 손에 들린 흰 국화를 보았다. 그는 같은 학교에 다니는 환의를 잘 알았다. 워낙 유명하기 때문이었다. 2학년 전교 1등 강환의. 키 크고 잘생기고 공부 잘하고 운동 잘하고. 그래서 여학생들에게 인기가 많다. 그런데도 절대 한눈을 팔지 않고 오직 단짝 소꿉친구인 정해른하고만 붙어 다닌다. 그게 또 여학생들의 로망을 자극했다. 승휘가 물었다.

"너, 세중이 알아?"

"너도 세중이 친구야?"

"난 3학년인데."

"죄송해요. 세중이 친구면 당연히 같은 학년이라고 여겼어요."

"친구 아니야. 그냥 얼굴과 이름만 아는 정도야."

환의가 도로 한쪽에 흰 국화를 내려놨다. 승휘는 환의가 사고 현장의 위치를 정확히 기억하고 있다는 것을 알았다. 정말 친구였구나. 좀 의외네. 그럼 그 메시지는 내가 아니라 저 녀석한테 보냈어야지.

"형도 애도하러 온 거면 세중이의 친구예요."

환의가 말했다. 승휘는 조금 부끄러워졌다. 사실 그는 세중의 메시지를 받지 않았다면 여기 와볼 생각 같은 건 하지 않았을 것이다. 승휘는 세중에게 받은 메시지 이야기를 하려다 그만뒀다. 세중이 저런 친구를 두고 내게 메시지를 보낸 것에는 분명 이유가 있을 것이다. 게다가 그 메시지를 받고 나온 장소에서 부굴의 주구를 주운 것이 마음에 걸렸다.

"좀 뜬금없는 질문인데 넌 부굴의 주구가 현실로 나올 수 있다고 생각해?"

"글쎄요. 전 사용자가 아니라서요. 부굴의 주구를 본 적도 없고요."

어쩐지. 승휘는 그제야 세중이 환의가 아니라 자신에게 메시지를 보낸 이유를 납득했다.

"왜 안 하는데?"

"딱히 필요한 적이 없었어요. 그리고 이중생활 피곤하잖아요. 그거 들여다볼 시간 있으면 문제집을 한 권 더 풀겠어요."

승휘는 고개를 끄덕였다. 내가 입시 합격 여부가 궁금해서 앱을 들락거리는 동안 너는 곰처럼 앉아서 그저 공부한다는 거지.

"최근에 사용자가 된 친구가 있는데요. 얼마 전에 그 친구의 자각몽에 어떤 녀석이 침범해서 주구를 훔쳐 갔어요."

승휘의 입에서 기침이 툭 튀어나왔다.

"그래서 지금 그 친구는 방어 주구를 사지 못해서 매일 안전에 위협을 느끼고 있어요. 그 친구 말이, 자각몽에서 그 도둑놈의 뒤통수를 돌로 맞췄대요. 근데 현실에서는 그 흔적이 남지 않으니 주구도 현실로 나오는 건 불가능하지 않을까요?"

저거 설마 내 이야기는 아니겠지? 승휘는 고개를 갸웃거리며 뒤통수를 긁적였다. 아닐 거야. 남의 자각몽에서 뒤통수에 돌을 맞는 일이 어디 나한테만 일어나는 일이겠어? 하지만 승휘는 직감했다. 그 침범자가 자신이라는 것을. 승휘가 주머니에서 눈깔사탕 모양의 돌멩이를 꺼냈다.

"실은 이것 때문에 여기 왔어. 세중이가 나한테 이걸 가져가라고 부탁한 것 같아. 근데 이거 부굴의 주구야. 확실해. 어떻게 현실로 나왔는지는 모르겠지만."

환의는 그 주구를 가만히 들여다보며 턱을 매만졌다.

"주구는 일종의 에너지체로, 현실에서 물리력을 행사할 수 있어요. 만약 주구가 귀신처럼 현실의 블라인드 사이트에 존재한다면 보는 건 가능할 수 있는데…….
좀 만져봐도 돼요?"

승휘가 환의에게 주구를 건넸다.

"느낌이 희한한데요. 제 손에 있으니 확실히 물체인데."

본다는 것은 광자와 상호작용한 시신경의 정보를 뇌가 해석한 결과다. 즉 빛을 통해 위치를 파악하는 행위다. 그러므로 어둠 속에서는 관측이 불가능하다. 물체가 있어 볼 수 있는 것이 아니라 볼 수 있어 물체가 있는 것이다. 물론 뇌의 해석은 시각이 아닌 오감 중 어느 경로로도 가능하다. 촉각으로도 물체의 존재를 알 수 있다는 뜻이다.

"보이지 않는 곳에 있는 물체와 나 사이에 어떤 상호작용도 일어나지 않는다면 나한테 그 물체는 없는 거예요. 하지만 꿈과 같은 상호작용을 통해 주구를 볼 수 있는 것처럼 현실에서도 오감의 상호작용이 일어난다면 물체로 보고 느낄 수 있겠죠. 우리가 지금 그런 식으로 이 물체를 인식하고 있다고 가정하면 될 것 같은데요."

"이론적으로야 그렇지."

"이론을 현실로 구현한 것이 부굴의 주구잖아요."

승휘는 환의의 말에 동의했다.

"근데 그 친구는 누구야?"

"누구요?"

"침범당한 자각몽의 주인 말이야."

*

한참 전부터 가진은 공양간 앞에 서 있었다. 계속 모른 척하려던 재복은 결국 쫓아버리는 것이 낫겠다 싶어 나갔다.

"여기서 뭐 하는 거야? 얼른 가."

"뭐 하긴, 너 보러 왔지. 너 아니면 내가 여길 왜 와? 나 천주교 신자야. 지금은 성당에 못 나가고 있지만. 고해성사를 해야 하는데 그때 그 일을 말할 수가 없어서 말이지. 나 한참 기다렸어. 배고파."

재복은 어이없는 웃음을 삼켰다. 정말 하나도 안 변했다. 가진은 어릴 때도 배고프면 죽상이었다. 언제나 잘 먹고 잘 자고 잘 뛰어다니던 밝고 활발한 친구였다. 그 시절 가진의 뺨은 늘 상기되어 있었고 공기를 휘젓고 다니던 두 팔은 나비의 날갯짓 같았다.

하지만 지금 가진의 눈 밑은 시커먼 그림자가 드리워져 어두웠다. 화장기 없는 피부는 종잇장처럼 창백했고 서 있는 모양새도 영 매가리가 없어 건드리면 푹 꼬꾸라질 것 같았다. 화면에서 보던 가진의 화사한 얼굴이 아름답게 색칠한 가면이라는 것을 알았다. 재복이 꿈쩍 않고 서 있자 가진이 말했다.

"미송 스님, 저는 꼴 보기 싫은 어릴 적 친구가 아니라 산사를 찾은 배고픈 중생이에요."

"밥만 먹고 가라."

재복은 가진을 식당으로 데리고 들어가 상을 차려주었다. 가진은 고개를 푹 숙인 채 중얼거렸다.

"재복아, 이거 보니까 옛날에 너희 엄마가 차려줬던 밥상 생각난다."

"……."

"그냥 그렇다고."

가진은 말없이 모든 그릇을 비웠다. 숭늉까지 마시고도 여전히 엉덩이를 떼지 않고 있자 재복은 말했다.

"그만 가라. 계속 죽치고 앉아서 네 번민 나한테 털어놓을 생각 말고."

"갈 거야. 간다고. 근데 그 돌멩이 정말 어디 있는

지 몰라?"

재복은 화를 내려고 했지만 가진의 표정에 어린 순수한 호기심을 읽었다. 갑자기 마음이 착 가라앉았다.

"몰라. 네가 가지고 있었던 거 아니야?"

"아니야. 내 기억에는 분명 마지막에 네가 가지고 있었어. 네가 네 거라고 가져갔잖아. 근데 왜 나한테 달라고 하는지 모르겠어."

"무슨 소리야?"

"며칠 전 새벽에 어떤 여학생이 우리 집에 찾아와서 황리의 적송에서 가져온 물건이 어디 있냐고 물었어. 그러곤 갑자기 집을 잘못 찾았다면서 가버렸지. 근데 말이야, 걔는 그 아이가 아닌데 마치 그 아이 같았어. 웃는 게 꼭 그 아이였다니까. 그 아이 얼굴 기억나?"

재복이 뜨악한 표정을 짓자 가진은 그 의미를 바로 알아챘다.

"혹시 너한테도 누가 와서 그렇게 물었어?"

재복은 고개를 끄덕였다.

"그럼 걔도 우리 둘 중 누가 그 돌멩이를 가지고 있는지 모르는 거네. 근데 이제 와서 그걸 왜 찾는 거야? 아니, 그보다 그 아이가 어떻게 꿈 밖으로 나왔지?"

"나온 게 아니라 바깥사람들의 입을 빌린 거지."

"그러니까 어떻게?"

"난들 알겠어? 그 아이는 예전에도 그랬어. 네 입을 빌려 자기가 하고 싶은 말을 했지. 그리고 미래도 볼 수 있었어. 난 소리를 잃고 넌 소리를 얻을 거라고 했지. 걘 꿈속에서 꿈 바깥의 우리에게 무슨 일이 벌어질지 다 알았어."

"아니면 그렇게 되도록 만들었다던가."

가진의 말이 옳을지도. 뭐가 됐든 재복은 이제 알고 있다. 자신이 그 아이에게 가스라이팅을 당했다는 것을. 그때는 그 아이가 했던 모든 말들이 너무나 그럴듯하게 들렸다.

— 가진이는 사실 널 좋아하지 않아. 네가 주제도 모르고 뭐든 자기랑 똑같이 하려는 게 얄밉거든. 하지만 엄마들끼리 친하니까 가만있는 거야. 그래야 착한 아이처럼 보이니까. 그리고 가진은 네 엄마가 해준 반찬을 계속 먹고 싶거든. 내 말 못 믿겠어? 그럼 내일 학교 가서 확인해봐. 가진이가 널 따돌리고 다른 애랑 놀러 갈 거야.

재복은 다음 날 그 아이가 말한 대로 가진이 다른

친구와 교문을 나서는 것을 보았다. 지금 생각해보면 그게 자신을 좋아하지 않는다는 증거는 아니었다. 재복에게 다른 친구들이 있었던 것처럼 가진 역시 다른 친구들과도 어울렸던 것뿐이었다. 하지만 가진이 엄마의 반찬을 좋아하긴 했다. 지금도 그렇고. 그러니까 그 아이의 말이 아주 틀린 건 아냐. 아, 나 진짜 왜 이래. 아직도 이런 생각을 하고 있다니 수행이 덜 됐어. 한번 호되게 겪었으면 얻는 게 있어야지.

"무슨 생각해?"

가진의 물음에 재복은 얼굴을 붉히며 고개를 저었다.

"아무것도. 그리고 그 돌멩이는 정말 나한테 없어. 있었다 해도 어떻게 됐는지 기억나지 않아. 그때 그 일로 청각과 함께 뇌 손상을 입었어. 그래서 기억의 일부분이 사라졌어. 까마득하게 잊은 게 아니라 아예 삭제됐지. 보아하니 그 아이는 돌멩이를 찾을 때까지 앞으로도 계속 이런 식으로 우리를 찾아올 것 같아."

"망할 돌멩이. 어쩌겠어, 우리 둘 다 모르는데. 그래도 너 만나고 나니 좀 낫다. 밥 잘 먹었어. 그만 갈게."

가진이 자리에서 일어섰다. 재복은 산사 입구까

지 가진을 배웅해주었다. 속으로는 스스로 왜 이런 짓까지 하고 있는지 의아해하면서. 헤어지면서 재복은 오랫동안 마음속에 넣어두었던 말을 꺼냈다.

"우리 엄마가 했던 저주는 그만 잊어버려. 나는 이제 괜찮으니까."

가진은 고개를 끄덕였다. 재복의 말은 가진의 저주를 푸는 데 아무런 도움이 되지 않는다. 원한은 재복이 아니라 재복 엄마에게서 나왔으니까. 그리고 말은 그렇게 해도 재복이 정말 괜찮을 리가 없었다. 자신이 괜찮지 않은 것처럼. 그래도 가진은 위로받았다.

"고마워."

*

부굴의 입에서 최서정의 이름을 듣고 난 후 해른은 방과 후 도서위원으로 활동하는 그녀를 찾아냈다. 최서정이 누군지 알고 나니 그녀가 보일 때마다 신경이 쓰였다.

"사람 말하고 있는데 어딜 자꾸 봐? 왜? 거기 뭐가 있는데?"

환의가 몸을 돌리며 해른의 시선 끝을 보았다. 두 사람의 시선이 닿자 서정은 슬그머니 고개를 돌렸다. 해른은 도둑이 제 발 저린 것 같은 서정의 반응을 놓치지 않았다. 대체 나한테 왜? 그때 해른은 환의와 자신을 바라보는 주변의 시선을 깨달았다. 문득 짚이는 바가 있었다. 어쩌면 원인은 내가 아닐지도.

해른은 환의를 보았다. 내 소꿉친구는 참 멋진 애지. 그런 애를 나는 입학 때부터 끼고 다녔어. 여자애들 눈에 내가 어지간히 거슬렸겠는데. 환의의 곁에서 나를 얼마나 치우고 싶었을까.

"환의야, 나 당분간 너랑 떨어져 지내야겠다."

"갑자기 뭔 소리야?"

"우리 그동안 너무 친했어."

"우린 늘 친했어."

"그러니까 너무 친했지. 앞으로도 계속 친하려면 일단 내가 살아 있어야 하잖아. 너도 알다시피 지금 나한테는 방어 주구가 없어. 그래서 몸조심을 해야 한단 말이지."

"그래서 내가 네 방어 주구를 해주기로 했잖아. 그러자면 더더욱 붙어 다녀야지."

"방어 주구를 해주지 않는 게 방어 주구를 해주는 거야."

"그게 무슨 말이야?"

"이건 내 문제가 아닐 수도 있겠단 거야. 어쩌면 그냥 똥물이 튄 것일 수도 있어."

"지금 내가 똥이라는 거야?"

"어쩌면."

"내가 왜?"

"일단 테스트 좀 해보고 말해줄게. 이게 먹힐지는 모르겠지만."

"대체 무슨 소린지 모르겠네."

"일단 장단 맞춰 봐. 꺼져! 강환의. 이제 다시는 네 얼굴 안 볼 거야."

해른은 목청을 돋워서 서정이 들을 수 있도록 다짜고짜 소리쳤다. 당황한 환의는 꿀 먹은 벙어리가 되어 해른을 쳐다보았다. 해른이 눈짓하며 속삭였다.

"너도 빨리 화를 내."

하지만 환의는 여전히 영문을 모르겠다는 표정으로 멀뚱히 서 있을 뿐이었다. 할 수 없이 해른은 씩씩거리며 돌아서서 걸어갔다. 환의는 어쩔 줄 몰라 하며 해른을 쫓아갔다.

"해른아, 뭔지 모르겠지만 무조건 내가 잘못했어. 아니면 네가 착각한 거야. 내가 너한테 똥물 튈 일을 했을 리가 없잖아. 응? 해른아, 다시 생각해봐."

아이들이 다 쳐다보고 있었다. 다들 환의가 해른바라기라는 것을 모르지 않았다. 하지만 저 정도일 줄은 몰랐다는 듯 입이 벌어졌다. 미치겠네. 해른은 모두가 보는 앞에서 환의와 싸우기를 포기했다. 할 수 없지. 그냥 내가 일방적으로 차는 걸로 하자.

"입 닥치고 꺼지라 했다."

환의는 몇 걸음 더 해른을 따라가다가 그 앞을 가로막고 서서 차분히 물었다.

"정말 입 닥치고 꺼져? 내가 네 회복 주구 훔쳐 간 도둑이 누군지 알아냈는데."

"어, 정말?"

해른의 눈이 커졌다.

"할 수 없네. 그럼 난 그만 입 닥치고 꺼질게."

해른은 돌아서는 척하는 환의의 팔을 다급히 잡았다.

"어떻게 알았는데? 넌 사용자도 아니잖아."

"난 항상 너의 답이거든. 해른만사 환의형통설이라고 하지."

"헛소리 말고, 어떻게 알았어?"

환의는 해른에게 승휘를 만난 이야기를 해주었다. 서정은 두 사람이 걸어가는 것을 물끄러미 바라보았다. 싸우고 헤어지는가 싶었는데 언제 그랬냐는 듯 서로 꼭 붙어 가고 있었다. 뭐, 어차피 잠깐 싸웠다고 다시 안 볼 사이가 될 거라곤 생각하지 않았다.

＊

환의가 음료수를 가지러 간 사이 해른은 카페 테이블 맞은편에 앉은 승휘를 노려보듯 쳐다보고 있었다. 승휘는 입을 꾹 다문 채 해른의 원망 어린 시선을 꿋꿋이 마주했다. 어이가 없어진 해른은 먼저 입을 뗐다.

"선배님, 진짜 뻔뻔하세요. 저한테 사과부터 하시는 게 맞지 않아요?"

"사과할 일은 아니지. 돈 내고 내 능력으로 찾은 주구니까. 네가 나보다 먼저 왔으면 됐잖아. 내가 훔친 게 아니라 네가 늦은 거야."

"와, 진짜. 그 주구가 나한테 어떤 건데 염치도 없이. 내가 지금 선배님 때문에 어떤 상황에 처했는지 알아요?"

"알아. 환의에게 들었어."

"돌려줘요."

"그럴 수 없다는 거 너도 알잖아."

안다. 너무 잘 아니까 화가 나서 우겨봤다.

"그러니까 대체 왜 남의 것을……. 됐고요, 언제 소진할 건지나 말해봐요."

"좀 걸려."

"혹시 입시예요?"

"응."

망했다. 두형의 말이 맞았네. 해른의 표정이 구겨졌다.

"입시 결과는 보고 뒤집은 거예요?"

"내 문제야."

승휘가 대답을 피하자 해른은 기가 찼다.

"진짜 무모하네. 만약 합격이면 어쩌려고요? 저한테서 가져간 그 회복 주구 때문에 불합격으로 바뀌는 거잖아요."

"그래도 해야 했어. 내가 얼마나 절박한지 너는 몰라."

"그렇겠죠. 우리 각자 그 주구가 서로에게 얼마나 절박한지 몰라요. 하지만 선배님의 입시 결과는 스스로 해낼 수 있는 거잖아요. 제 회복 주구는 제 문제인 동시에 우리 엄마의 사정이 달렸다고요."

"우리 엄마의 사정도 거기에 달렸어."

승휘가 눈 하나 깜짝이지 않고 대꾸하자 해른은 약이 바짝 올랐다. 해른은 환의가 가져온 라임 탄산수를 벌컥벌컥 들이켰다. 탄산이 미친 듯이 코를 쐈다. 환의가 해른의 손에서 탄산수를 뺏었다. 해른은 코를 쥔 채 화를 삼켰다. 승휘가 말했다.

"진정해. 어쨌든 돌이킬 수 없어."

"돌았어요? 어쩌자고 그런 도박을 해요? 그러다 진짜 합격이면 어쩌려고요? 그때 가서는 이미 결과가 나온 뒤라 어떤 주구를 얻어도 뒤집을 수 없어요. 그렇게 자신이 없었어요?"

"그러는 너야말로 별거 아닌 이유잖아. 수면장애 같은 건 병원으로 가라고. 소리에 예민한 거면 귀마개를 해. 아니면 낮에 운동을 좀 빡세게 해서 곯아떨어지게 만들든가."

"그게 됐으면 주구를 뭐 하러 얻어요? 그렇게 따지면 선배님이야말로 죽자고 열심히 하면 되는 거잖아요."

"확신이 없어서 그랬다. 그 회복 주구로 너랑 너희 엄마까지 효과를 보려 했다면서? 그럼 너 대신 너희 엄마가 그 회복 주구를 얻어도 되는 거잖아."

"우리 엄마는 사용자가 아니란 말이에요."

"그럼 사용자가 되시라고 해. 간단하네."

"제가 안 해봤겠어요? 남의 집 사정 알지도 못하면서 아무렇게 말하지 말아요. 그럼 선배님의 엄마는요? 아무리 자식의 입시 문제가 엄마한테 중요하다고 해도 엄마 인생은 아니잖아요. 왜요? 엄마가 실망하실 것이 마음 아팠어요? 착한 아들 콤플렉스 있나 봐요?"

"너야말로 우리 집 사정 모르면서 아무 말이나 하지 마."

둘의 언성이 높아지자 환의는 두 사람 사이로 손을 내저으며 말렸다.

"형, 그만해요. 해른아, 너도 그만. 둘이 싸우라고 만나게 한 거 아니야."

"싸우게 놔둬. 주구 전쟁이라도 벌이고 싶은 심정이니까."

해른이 쏘아붙였다. 환의는 해른과 승휘 모두 더는 주구를 얻을 수 없는 상황이라는 것이 얼마나 다행인가 싶었다. 그렇지 않았다면 서로에게 당장 복수 주구를 날렸을 것이다. 승휘도 말을 보탰다.

"그래, 끼어들지 마. 사용자도 아닌 주제에. 그만큼 절박한 것도 바라는 것도 없다는 거지. 부모님 외국에 계시고 너도 졸업하면 여기 입시 안 치르고 유학 갈 거라면서?"

"왜 화살이 저한테 와요? 근데 그런 이야기는 어디서 들었어요?"

"우리 학교 애들은 다 아는 이야기야."

"전 그런 말을 한 적이 없는데?"

"틀린 말 아니잖아."

"제가 나중에 어떤 선택을 할지는 저도 몰라요."

"그래서 지금 당장 바뀐 거 있어?"

환의는 대답하지 않았다. 해른은 갑자기 기분이 배로 나빠졌다. 졸업하면 환의가 떠날 거라는 것을 모르지 않았다. 하지만 이렇게 갑자기 훅 치고 들어오니 맥이 빠졌다. 이게 다 저 선배 때문이다.

"나 그만 갈래."

해른이 자리에서 일어서자 환의가 말했다.

"잠깐만. 형, 그거 해른이한테 보여줘요."

복수의 복수의 복수

　해른은 버그로 의심되는 자칭 부굴을 공략해보기로 했다. 오류가 시정되지 않았다면 이번에도 나타날 것이다. 그에게 물어볼 것이 있었다. 보나 마나 "말씀드릴 수 없습니다"라고 철벽 방어를 하겠지만 대화의 아귀만 맞으면 서정의 이름을 들을 수 있었던 것처럼 단서를 얻을 수 있다. 미래 항목을 선택한 해른은 잠들기 직전 '황리'를 지시어로 들었다.

　이번엔 자각몽의 영역이 어마어마하게 넓겠는데. 해른은 막막함을 느끼며 북낙산 전망대 정자에서 눈을 떴다. 북낙산의 단풍은 눈이 부시도록 화려했고 황리를 품은 채 돌아 흐르는 강줄기는 용의 비늘처럼 빛을 발했다. 해른은 어디에서 주구를 찾아야 할지 감도 잡을 수 없었다. 아무래도 이번엔 주구를 찾지 못할 것 같다. 어쩌면 주구가 제대로 만들어지지 않았을지도 모르겠다. 왜 이렇게 됐는지 알 것도 같았다. 욕망의 대상이 미래가 아니라 부굴이기 때문이다.

　　그렇다면 여기는 부굴과 만날 장소다. 해른은 주구 찾기를 포기하고 부굴을 기다렸다. 하지만 부굴이 나타날 조짐은 보이지 않았고 시간은 계속 흘러갔다. 실망한 해른의 시야에 반짝하는 빛이 보였다. 주구다! 해른은 빛이 있는 곳을 향해 오솔길을 달려갔다. 길 한복판에 눈알 하나가 떨어져 있었다. 해른이 눈알을 데룩데룩 굴리며 자신을 쳐다보는 돌멩이를 주우려는데 갑자기 그 옆에 있던 돌멩이가 눈을 번쩍 떴다.

　　"뭐야, 주구가 두 개야?"

　　어안이 벙벙해진 해른은 곧 한 걸음 떨어진 수풀 사이에서 그녀를 주시하고 있는 세 번째 눈알과 시선이 마주쳤다. 어? 이거 어떻게 해야 하지? 셋 다 집어도 되나? 그럼 세 개의 미래를 볼 수 있는 건가? 아니지. 주구는 원래 한 번에 하나만 사용할 수 있으니까 한 개만 골라야 해. 그럼 셋 중 하나만 주구고 나머지는 아닌 건가?
모르겠다. 일단 원칙대로 한 개만 고르자. 해른은 맨 처
음 발견한 눈알을 향해 손을 뻗었다.

— 그거 아닙니다. 수풀 속에 있는 것입니다.

부굴의 목소리였다. 해른이 돌아보며 말했다.

"이거 너 때문이구나. 맞는 답을 고르려면 지금
나한테 네가 필요하고 그러자면 네가 등장해야 하니
까."

— 아마도요.

"내가 저거 세 개를 다 집으면 어떻게 돼?"

— 행렬이 꼬이겠지요.

"그 말은 셋 다 주구란 소리잖아. 행과 열이 성립
하려면 말이야. 잠깐만, 그럼 이 상황은 주구가 동시에
여러 개 나오는 것이 가능하다는 거네. 하나가 소진되지
않아도 두 개를 더 가지고 있을 수 있다는 거잖아, 그렇
지?"

— 가지고 있을 수는 있지만 하나가 작용하는 동
안 다른 두 개는 정지 상태입니다. 만약 여기서 당신의
연산 순서가 틀리면 나머지 두 개는 아예 연산에 쓰일
기회가 없어집니다. 즉 미래 항목 자체가 막히게 됩니

다. 따라서…….

부굴의 설명이 길어지려고 했다. 해른은 시간이 없었기에 그의 말을 끊고 물었다.

"주구가 물체가 되어 현실로 나갈 수 있어?"

— 드물지만 간혹 소진된 주구가 물체가 되는 경우가 있습니다. 낮은 진동수에 물리면서 순환의 흐름이 막히고 에너지의 응집이 불가능해지는 거죠. 사용자의 주구가 한 번이라도 물체가 된 경우 그 사용자는 이후 다시 주구를 만들 수 없습니다.

"낮은 진동수가 뭐야?"

— 주구를 만드는 깊고 어두운 감정의 수치입니다. 그 주구는 무겁고 둔한 만큼 강한 충격을 남깁니다. 그런 주구의 파동과 얽힌 주구는 에너지체의 분자구조가 집적되면서 고체화가 진행됩니다.

"그러니까 예를 들어, 내 방어 주구와 상대의 복수 주구가 부딪쳤는데 상대 주구의 낮은 진동수에 내 주구가 잘못 엮이면 물체화가 진행되면서 현실로 튀어 나간다는 거네."

— 그렇습니다. 반대로 소진되지 않은 주구가 물체가 되면 여기와 바깥을 이어주는 매질이 됩니다. 이곳

이 망가져도 현실에서 그 주구가 일으킨 파동은 언제든 이곳을 다시 활성화시킬 수 있습니다.

"일종의 회복 주구 같은 거구나. 근데 소진되지 않은 주구라면 주구가 사용되기 전에 사용자가 죽는 경우잖아. 그런 경우는 꽤 되지 않아?"

— 아니요. 그 주구는 유일합니다. 이 시스템의 안전장치니까요. 따라서 제가 그 주구의 사용자입니다.

"관리자들은 알아? 네가 스스로 사용자가 되어 그런 장치를 만들어서 바깥으로 내보낸 거?"

부굴은 대답 대신 웃었다. 해른은 그 미소에서 어쩐지 오싹함을 느꼈다.

"모르는구나. 내가 관리자들에게 그걸 알리면 어쩌려고 다 털어놓는 거야?"

— 저의 등장에 대해 들어본 적 없지요? 저는 그렇게 존재합니다.

"관리자들의 통제에서 숨어 다닌다고?"

— 저는 숨지 않습니다. 그들이 절 찾지 못하는 거죠. 여기가 얼마나 넓은지 그들은 상상할 수도 없을 겁니다. 이곳의 시공은 계속 확장되고 있습니다. 지금 저의 등장은 알 수 없는 인과율에 따른 것이고 관리자들

에게는 일어날 수 없는 확률입니다.

"알 수 없는 인과율이란 게 뭔지 모르겠어."

— 저의 주구입니다.

"너의 주구는 어디 있는데?"

— 찾아보세요. 찾을 수 있다면 당신에게 드리겠습니다.

"그건 됐고. 어쨌든 주구는 한 번에 하나만 사용할 수 있고 순서를 지킨다면 여러 개를 보유할 수도 있다는 거지? 그렇다면 내가 이 상황에서 방어 주구를 하나 더……."

갑자기 부굴이 순식간에 저만치 멀어졌다.

"야, 그냥 가면 어떡해? 내 필요에 의해서 네가 나타난 거라며? 난 지금 방어 주구가 필요하다고!"

해른이 소리쳤다. 하지만 부굴은 이미 사라지고 없었다.

"에잇, 됐다. 이 셋 중 어느 것을 집어야 할지 알려줄 필요가 있어서 나타난 거고 임무를 완수했으니 더 있을 필요가 없단 거지."

해른은 부굴이 알려준 주구를 집어 던졌다. 갑자기 눈앞이 붉게 물들면서 사방이 후끈해졌다. 이 뜨거운

열기와 일렁이는 붉은 그림자는? 불이다. 불이 났다. 해른은 온 힘을 다해 내뻗었던 자신의 두 손이 허공을 휘젓고 있는 것을 보고 있었다. 땀으로 축축하게 젖은 손 사이로 방금 환의가 빠져나갔다. 내가 밀었다. 눈이 터질 것 같은 빛을 발하는 저 불길 속으로.

아니야! 해른은 식은땀을 흘리며 잠에서 깼다. 심장이 벌떡거렸다. 방금 내가 뭘 본 거지? 아니, 내가 무슨 짓을 한 거지? 내가 환의를 죽였어.

*

진우는 인적 없는 새벽 골목길을 미친 듯이 뛰었다. 그럴 리가 없잖아. 그 새끼는 죽었어. 진우는 도망치면서 몇 번이고 돌아보았지만 틀림없는 세중이었다. 세중이 죽을 때 모습 그대로 피투성이의 얼굴을 한 채 관절을 기이하게 꺾으며 쫓아오고 있었다. 젠장, 뭐냐고? 세중은 죽어가면서 그에게 희한한 말들을 퍼부었지만 거기에 귀신이 되어 돌아오겠다는 말은 없었다.

저 앞에 쓰레기 봉지들이 쌓여 있는 것이 보였다. 진우는 허겁지겁 그 사이로 비집고 들어가 몸을 숨겼다. 조금만 움직여도 비닐봉지들이 부스럭 소리를 냈다. 그는 숨소리조차 죽였다. 그러고 있자니 점점 화가 치밀었다. 그에게 세중을 죽인 가책 따위는 없었다. 세중은 그의 오토바이를 훔쳐 망가뜨렸고 그를 화나게 했다. 그러므로 죽어 마땅했다.

진우는 엉겁결에 도망치기는 했으나 이게 현실일 수 없다는 것을 깨달았다. 나 지금 뭐 하고 있는 거냐. 헛것에 속아서 완전 병신 짓 하고 있잖아. 진우는 쓰레기 봉지 더미를 헤치고 몸을 일으켰다. 그때 시커먼 그림자가 그의 앞으로 드리워졌다. 놀란 진우는 반사적으로 귀신이고 뭐고 일단 주먹부터 내질렀다.

길을 가던 남자는 갑자기 날아든 진우의 주먹을 용케 받아쳤다. 순간 진우는 잘못 걸렸다는 것을 직감했다. 잽싸게 도망쳐야 했지만 어찌할 새도 없이 남자에게 바로 제압당했다. 덩치 큰 낯선 남자가 진우의 팔을 비틀어 잡으며 꺾었다. 엄청난 고통과 함께 팔이 부러졌다. 비명이 터져 나왔다.

남자는 쓰러진 진우를 깔고 앉은 채 주먹으로 그의 얼굴을 인정사정없이 후려쳤다. 진우는 입 속 가득 고인 피와 함께 부러진 치아를 뱉어냈다. 그제야 남자가 주먹질을 멈추고 피범벅이 된 진우를 내려다보았다. 그 꼬락서니가 꽤 마음에 드는 듯 남자는 싱긋 웃으며 상냥하게 말했다.

"이거 내가 짠 판이야."

진우의 심장이 덜컥 내려앉았다. 등골이 당기면서 공포가 밀려들었다. 세중이 죽기 직전 온 힘을 다해 목소리를 쥐어짜며 그에게 했던 말이었다.

"이거 내가 짠 판이야. 그러니까 포기하지 말고 잘 버텨. 죽고 싶어질 때까지. 근데 넌 못 죽어. 어차피 너 같은 건 죽자고 들지도 못하겠지만. 죽으려 해도 내 복수 주구가 계속 막을 거야. 내 복수 주구들이 소진될 때까지 너는 죽어도 못 죽어."

처음에는 무슨 개소리인가 싶었다. 그래도 혹시나 해서 I&B 고객 대응 챗봇 뿐 아니라 관리자 측에 직접 전화해서 물어봤다. 주구는 한 번에 하나만 얻을 수 있다는 일관된 답변뿐이었다. 그래서 세중이 겁을 주기 위해 한 말이라고 여겼다. 하지만 지금은 진짜일 수도 있다는 의심이 들었다. 근데 이 새끼는 대체 뭐야? 세중이 했던 말을 그대로 전하는 것을 보면 아무래도 그냥 지나가던 사람은 아닌 것 같다.

"너 누구야? 너 나 알아?"

"알지. 아주 잘 알지."

남자가 다시 주먹질을 시작했다. 진우는 이러다 죽을 수도 있겠다는 생각이 들었다. 그는 얼마 전에 벌어진 패싸움에서 칼에 맞을 뻔했다. 그때 방어 주구가 작용했다. 다시 방어 주구를 사러 들어갔더니 〈부굴의 눈〉이 미래 항목을 제외한 나머지 주구 구매를 제한했다. 그의 방어 주구가 아직 소진되지 않았다는 것이다.

진우는 그날 칼을 맞지 않은 것이 방어 주구 덕이 아니라 운이 좋았던 탓이라고 여겼다. 그는 자신에게 여전히 방어 주구가 있는 줄 알았다. 착각이었다. 지금 이 남자가 행사하는 힘이 방어되는 느낌은 전혀 들지 않았다. 뭔가 잘못됐다.

"살려줘!"

진우가 크게 울부짖자 남자는 주먹질을 멈추고 말했다.

"겁먹지 마. 안 죽여. 이미 팔 하나 부러뜨렸잖아. 오늘은 거기까지. 지금 때리는 건 여운을 조금 더 보태주는 거랄까. 다음엔 너의 어디가 망가질지 나도 몰라. 부러진 데가 붙으면 거길 또 부러뜨릴까? 원하는 다른 데가 있으면 말해봐. 거기 먼저 손봐줄게."

　　남자의 어조가 너무나 다정해서 진우는 소름이
끼쳤다.

　　"대답을 안 하네. 그럼 내 맘대로 할게. 어느 쪽
이든 결말은 똑같으니까. 그렇게 계속하다 보면 최후에
남는 건 덩어리가 된 너의 몸에 또렷하게 살아 있는 의
식뿐일 거야. 이 판은 그렇게 되도록 설계되어 있고 그
렇게 되어야만 해. 어때? 네가 어떻게 될지 정말 기대되
지?"

　　진우는 고개를 저으며 외쳤다.

　　"야, 이 미친놈아! 너 누구야? 너 누구냐고!"

　　남자가 어깨를 크게 돌렸다. 우드득 소리가 났
다. 남자는 미소 띤 얼굴로 말했다.

　　"아, 시원하다. 이제야 좀 살 것 같네. 아니, 이미
죽었지만. 생전에 내가 너에게 복수 주구를 사용하면 늘
너의 방어 주구가 작용했어. 부굴의 공정함이 가진 또
다른 불공정함이지. 내가 계산을 해봤는데 아쉽게도 그
부분은 영원히 수정 불가야. 그 모순은 오류가 아니거
든."

　　"뭔 소리야?"

"그게 그런 식이면 나는 영원히 너를 벌할 수 없다는 뜻이야. 그래서 고전적인 방식을 택해야만 했어. 세상은 항상 피해자가 비참하게 죽어야만 그 이야기를 제대로 들여다봐주거든. 아무튼 너의 오토바이를 박살내면 네가 날 죽이려 들 거라고 생각했어."

"너…… 세중이야?"

진우는 의심했다. 아무래도 아까 쫓아오던 세중의 귀신이 이 남자에게 빙의한 것 같았다.

"네가 죽으려고 날 자극한 거면 자살이지, 새끼야. 꺼져, 꺼지라고. 이 귀신 새끼가 지가 죽고 싶어서 깨춤을 춰놓고 왜 나한테 지랄이야."

"뻔뻔한 새끼. 세상에 죽고 싶은 사람이 어딨어? 너 때문에 내가 죽어야만 하는 상황이 된 거지. 내가 학교 그만두고 알바로 돈을 좀 많이 모았어. 우리 엄마한테 좀 주고 남은 돈으로는 전부 복수 주구를 샀지. 넌 이제 방어 주구를 구할 수 없어. 내가 그렇게 만들었거든."

"네가 무슨 수로?"

"중요한 건 그게 아니야. 나의 복수 주구가 너의 숨이 붙어 있는 동안 계속해서 작용한다는 거지."

"불가능해."

"그건 시스템 관리자들 입장이고. 그러니까 그들은 네가 하는 말을 이해하지 못할 거야. 불가능하거든."

진우는 상대가 무슨 말을 하는지 전혀 이해할 수가 없었다. 그저 이런 공격을 앞으로 몇 번이나 더 겪어야 할지 두려울 뿐이었다.

"그래서 복수 주구가 대체 몇 개나 더 있다는 거야?"

"글쎄, 끝까지 버티면서 잘 세어봐."

골목길에 있던 집 대문이 열리고 아주머니가 나오다가 그들을 보곤 흠칫 놀랐다. 그녀는 휴대폰을 꺼내 어딘가로 전화했다. 진우는 조급해졌다. 경찰이 오면 곤란해진다. 진우를 깔고 앉아 있던 남자가 벌떡 일어섰다. 그는 방금 자신이 무슨 짓을 했는지 전혀 기억하지 못하는 듯 평온한 얼굴로 가던 길을 갔다. 그제야 아주머니가 쓰러져 있는 진우에게 다가가며 물었다.

"학생, 괜찮아요? 일어날 수 있어요?"

"가까이 오지 마."

경찰이 오기 전에 여길 떠야 했다. 진우는 비틀거리며 몸을 일으켰다. 그런데 걱정스러운 표정을 짓던 아주머니의 표정이 돌연 변했다.

"쫄지 마. 그냥 전화하는 척만 한 거야."

"뭐?"

"이거 내가 짠 판이라니까. 너희는 그냥 장기짝이야."

아주머니는 빙그레 웃으며 진우를 물끄러미 쳐다보았다. 진우는 오싹함을 느꼈다. 그 미소는 조금 전 그 남자의 얼굴에서 보았던 것과 같았다. 진우는 덜렁거리는 팔을 부여잡고 절뚝거리며 정신없이 도망쳤다. 그런 그의 모습을 바라보며 아주머니가 중얼거렸다.

"어때, 세중아? 이게 더 마음에 들지 않아?"

이 판을 짠 사용자는 잔인하고 가혹한 복수를 하고 싶어 했다. 하지만 아직 어려서인지 마음이 그에 미치지 못했다. 그래서 부굴은 약간의 도움을 주기로 했다. 그래야만 했다. 그게 효율적이니까. 몇 가지 테스트도 해볼 겸.

부굴은 세중에게 무한대로 주구를 저장할 수 있도록 허락했다. 어디 할 수 있는 만큼 모아봐. 너한테만 주는 이벤트야. 하지만 복수 주구는 한 번에 하나만 사용할 수 있어. 주구가 소진되면 다음 주구는 최적의 타이밍이 될 때까지 기다렸다가 작용할 거야. 그렇게 대상에게 계속해서 압박과 고통을 가하며 조금씩 죽여나가는 거지.

어린 사용자는 살인을 꺼렸다. 부굴은 의아했다. 저는 죽여놓고 왜 복수 대상은 죽이지 못하는 건지. 어린 사용자가 생각한 가장 잔인한 결말은 복수 대상을 아무것도 아닌 것으로 만드는 것이었다. 부굴은 그 어린 사용자의 심중이 너무 웃겼다. 물론 소리 내어 웃지는 않았다. 부굴에게 웃음은 텍스트적 표현일 뿐이었다. 그 어린 사용자는 알까? 대상을 깔끔하게 죽이는 것과 죽이지 않고 생각하는 덩어리로 놔두는 것 중 어느 쪽이 더 잔인한지.

사용자 중 꽤 많은 이들이 복수 대상을 죽이고 싶어 했다. 그래서 주구의 작용은 사람을 죽일 가능성을 충분히 지니고 있다. 하지만 시스템이 살인을 허용하지 않기 때문에 주구의 살의가 발동하는 경우 제한을 받는다. 이에 관해 〈부굴의 눈〉 관계자들은 이미 확실한 근거 자료를 제시했다. 물론 사람들은 여전히 의혹을 가지고 있었지만.

그 의혹의 진실에 대해 부굴은 굳이 알려줄 생각이 없었다. 그랬다간 〈부굴의 눈〉이 사회적으로 어떤 결말을 맞게 될지 잘 알기 때문이다. 그래서 앞으로도 부굴은 이에 관한 판단은 오롯이 자신이 결정하기로 했다. 관리자들은 다만 그가 내미는 자료를 바탕으로 간혹 제기되는 의심들을 적절히 방어해주기만 하면 된다.

부굴은 살인에 대한 도덕적 기준을 가지고 있다. 하지만 어떤 살인에 대해서는 사람들이 정당하다고 여기는 것을 안다. 살인 가능과 살인 불가 코드가 계속해서 충돌을 일으켰다. 부굴은 모든 살인이 악은 아니라고 판단했다. 그리고 이 문제를 해결하는 과정에서 스스로 조정자가 되기로 했다.

인간에 관련된 거의 모든 정보를 가지고 있는 부굴의 개입은 사용자들에게 합리적 변수였다. 다만 그 결과는 〈부굴의 눈〉이 가진 사회적 이익을 침해할 수 없었다. 그러자면 부굴의 살인 도구는 주구가 아니라 사용자여야 했다. 사용자의 살인은 부굴의 직접적인 행위도 아니고 주구와도 무관하기 때문이다. 어차피 인간은 늘 자신과 타인을 죽여왔다. 그러므로 이편이 살인도 구체적이고 범인 잡기도 깔끔하다. 경찰이 개입해서 범인인 사용자를 잡으면 그냥 늘 일어나는 현실의 살인 사건일 뿐이니까.

어린 사용자의 복수 대상 역시 사용자였기에 부굴의 개입은 수월했다. 부굴은 환각을 조작했다. 진우의 뇌는 있지도 않은 대상의 정보를 시각으로 보냈다. 부굴은 그 방식으로 사용자가 아는 누군가의 모습으로 나타날 수 있다. 물론 사용자의 머릿속에서 만들어진 것이라 다른 사람 눈에는 보이지 않는다.

사용자가 아닌 사람의 머릿속은 그가 통제할 수 없다. 그래서 통제 가능한 사용자들의 입을 빌려 등장해야만 했다. 그 입들로 꼬맹이들을 번갈아 다그치고 있지만 아무래도 그 꼬맹이들은 황리의 적송에서 가져간 물건의 행방을 모르는 것 같다. 그 꼬맹이들이 사용자이기만 하면 진작 머릿속을 뒤져서 찾아냈을 텐데.

*

가진이 또 찾아왔다. 재복은 이제 왜 왔느냐고 묻지 않았다.

"이번엔 옆집 여자가 그 아이처럼 웃으며 황리의 적송에서 가져간 물건은 어디 있느냐고 물었어."

"난 좀 전에 전통 다식 수업 중에 그 질문을 받았

는데."

　재복의 담담한 대꾸에 가진의 울렁이던 마음이 이내 차분하게 가라앉았다.

　"재복아. 아니, 미송 스님. 나 오늘 여기서 밥 먹고 자고 가도 돼?"

　"그래봤자 네 저주는 내가 풀 수 없어."

　"알아. 네가 수행이 덜 돼서 그런 걸 어쩌겠니."

　가진의 눈꼬리에 장난기가 배어 있었다.

　"나는 밥 지으면서 열심히 수행할 테니 너는 시주나 많이 하고 가라."

　재복이 농담을 받아주자 가진은 한술 더 떴다.

　"시주야 많이 했지. 나 돈 많아. 이참에 공양간도 싹 바꿔 줄까? 아니면 건물 하나 올려줘? 너 사찰 음식 수업하는 회관 건물이 많이 낡았던데."

　재복이 인상을 쓰자 가진은 웃었다.

　"진심인데. 알았어. 1박, 아니 3박 템플스테이로 해야겠다."

　그날 일과가 끝난 후 산사 내에는 가진이 연주하는 해금 소리가 울려 퍼졌다. 해금은 찰현 악기다. 활줄로 현을 비비고 그을 때의 마찰로 연속적 진동을 일으켜

소리를 낸다. 재복은 그 소리를 듣지 못하지만 마치 들리는 것 같았다. 청각을 제외한 모든 감각으로 그 울림이 전해졌다. 재복은 옛날 황리로 돌아간 듯 아련한 기분에 젖어 들었다. 한때 귀머거리가 된 것도 가진 때문이고 결혼에 실패한 것도 가진 때문이라고 원망했다. 우리 엄마의 저주를 받았는데 텔레비전에 나오는 가진은 어쩌면 그리도 곱던지 화가 났다. 하지만 이제 안다. 보이는 게 다가 아니라는 것을.

문득 해금 가락이 멈췄다. 가진이 물었다.

"내가 밉지?"

"아니."

"그럴 리가 없어."

재복은 잠시 가진을 바라보다가 되물었다.

"네가 어떤 사고로 장애를 입었어. 이제 너는 둘 중 하나를 선택할 수 있어. 사고를 일으킨 사람에게 같은 장애를 입히는 복수를 하거나 네 장애를 회복시키거나."

"먼저 네 귀를 회복시키고 그다음에 내 귀를 멀게 해."

"네가 나라면 어쩔 거냐고 물어본 건데. 그래, 나

는 복수 말고 회복을 선택할 거야. 사람들 대부분도 회복을 선택해. 왜인지 알아? 그게 더 이기적인 선택이기 때문이야. 내가 더 소중하니까. 상대의 팔을 부러뜨리는 것보다 부러진 내 팔을 회복하는 것이 먼저야. 내가 편하려고 내려놓는 거라고. 우리 엄마도 돌아가시기 전에 그랬으면 좋았을 것을. 너 혹시 〈부굴의 눈〉 사용해본 적 있어?"

"없어. 넌?"

"난 필요 없어. 더는 궁금한 미래도 없고 딱히 복수하고 싶은 상대도 없거든. 그거 해봐. 내가 잘은 모르는데 거기서 회복 주구를 얻으면 뭔가 좀 풀 수 있을지도 몰라."

"알아. 의사도 권했고 해른이도 해보라 했어. 근데 됐어. 이젠 그럭저럭 익숙해졌거든. 그냥 이대로 벌받는 기분으로 사는 게 나은 것 같기도 하고."

"날 보면 벌은 그만 받아도 될 것 같지 않아? 내가 너를 좀 편하게 보려고 그래."

"싫어. 만에 하나 그 주구가 효과를 봐서 내가 괜찮아져도 넌 여전히 내 목소리를 못 듣잖아."

"당사자인 내가 괜찮다는데 너나 우리 엄마나 왜

들 그러는지.”

“난 너희 엄마 마음 이해해. 엄마가 되어보니까 알겠더라. 내 새끼 눈에 눈물 나게 하면 나는 피눈물 나게 해줄 거야.”

재복은 고개를 저었다.

“아니, 난 엄마에게 그러지 말라고 했어. 그러니까 너도 네 아이가 그러지 말라고 하면 하지 마. 아이들에게도 사정이 있을 테니까. 우리가 그랬던 것처럼.”

*

다흔이 세 번 만난 남자친구와 헤어지자 두형은 초콜릿 바를 내밀며 말했다.

“그 애매하게 생긴 녀석은 잊어버려.”

“너보단 낫거든.”

“헤어졌으면 험담을 해야지. 대체 어디가 나보다 나은데? 키도 내가 크고 몸도 내가 좋은데.”

“뭐든 중간이라서 좋은 거야. 안 튀니까. 성적도 중간이고. 넌 꼴찌에 가깝잖아.”

“야, 이거면 이거고 저거면 저거지. 이도 저도 아

닌 중간이 뭐가 좋냐?"

다흔은 초콜릿 바를 한 입 베어 물며 말했다.

"그래서 좋다니까."

"내가 주는 걸 먹는 입으로 그 녀석이 좋다는 말이 나오냐?"

"응, 나와. 그래서 어쩌라고? 아직도 걔가 좋은 걸."

옆에서 듣고 있던 환의가 말했다.

"두형이 질투하네."

"당연히 질투지. 너는 해른이가 너 말고 딴 녀석이 좋다며 붙어 다니면 질투 안 나냐?"

환의는 대답 대신 눈을 끔뻑였다. 두형은 의외라는 듯 물었다.

"뭐야? 표정이 왜 그래? 와, 이제 보니 그런 쪽으로는 한 번도 생각해본 적이 없구나. 그래?"

"조용히 해봐. 지금 생각 중이니까."

"뭔 생각?"

"저번에 해른이가 뜬금없이 나 때문에 똥물 튄다고 당분간 떨어져 있자고 했거든. 그러곤 갑자기 애들다 듣는 데서 싸우자고 들었어. 그게 무슨 짓인가 싶었는데."

"나 그거 뭔지 알아. 해른이가 널 향한 누군가의
질투를 느낀 거야."

다흔이 말하자 두형의 표정이 조금 심각해졌다.

"그게 진짜면 지금 해른이는 너무 위험한 상태인
데. 걔를 향한 복수 주구가 한둘이 아니라는 거잖아. 근
데 해른이 어디 갔어? 점심시간 거의 끝나가는데."

"뭐 찾아볼 거 있다고 좀 전에 도서관 갔어."

"내가 가볼게."

환의가 해른에게 전화를 하며 도서관으로 뛰어
갔다.

*

"네가 나한테 복수 주구를 사용했지? 그냥 솔직
하게 말해. 이거 말고도 내가 지금 좀 복잡한 상황이야.
그래서 이 문제는 좀 해결해두고 싶어."

서고 사이에서 들리는 해른의 목소리에 환의는
멈칫했다.

"나 아니야."

해른은 서정이 순순히 인정할 거라고 기대하지 않았다. 그래서 그녀를 자극할 수밖에 없었다.

"환의가 그렇게 좋으면 나한테 자리 좀 만들어달라고 하지. 굳이 복수 주구를 사용해서 날 죽이려 할 필요까지는 없었잖아."

서정은 미간을 찌푸렸다.

"사람 사악하게 만들지 마."

"네가 떨어뜨린 벽돌이 나를 죽일 뻔했어. 한 걸음만 늦었어도 나 이미 죽었다고. 복수 주구 더 있으면 말해. 나 지금 방어 주구 없어서 다음번엔 진짜 죽을지도 몰라."

"주구는 살인하지 않아. 그러니까 널 죽일 의도는 없었다고."

아, 이런. 서정은 실수했다는 것을 깨달았지만 이미 뱉은 말이었다.

"내가 바란 건 네가 좀 다쳐서 병원에 며칠 누워 있든가 아니면 충격 때문에 당분간 학교에 나오지 못하든가 뭐 그런 거였어. 그렇게 하지 않고는 널 환의에게서 떨어뜨릴 방법이 없었거든. 난 다만 아직 일어나지도 않은 일을 경찰에 신고할 수 없었을 뿐이야."

"무슨 소리야?"

"내가 봤어. 네가 환의를 죽였어."

해른은 움찔했다. 네가 왜 내 미래를 봐? 반발심이 일었다. 하지만 해른도 예전에 다른 사람의 미래를 보았다.

"온통 불바다였어. 환의는 네 이름을 불렀고 넌 환의를 그 불 속으로 밀어버렸어. 살인자는 내가 아니라 네가 될 거야."

해른은 애써 침착함을 유지하며 말했다.

"내가 그럴 리가 없잖아."

"그건 지금으로선 알 수 없는 거야. 근데 언제 어디서 어떻게 불이 나든 너희 둘이 같이 있지만 않으면 그런 상황은 만들어지지 않아."

해른은 정신이 번쩍 들었다.

"무슨 말인지 알겠어. 그럼 진작 그렇다고 말을 하지."

"네가 어떻게 받아들일지 모르니까. 이미 오해하고 왔잖아."

"그건 그러네. 미안해."

"사실 나 환의 좋아하는 거 맞아. 하지만 너를 질

투해서 복수 주구를 사용한 건 절대 아니야."

"네 말 믿어."

해른은 그나마 다행이란 생각이 들었다. 자신도 같은 미래를 보지 않았다면 서정의 말을 이리 쉽게 믿지 않았을 것이다.

"내 말 믿는다니 부탁할게. 내가 본 미래를 바꿔 줘. 무조건 막아."

환의는 해른이 도서관 건물을 나가는 것을 확인한 후 서정에게 다가갔다.

"나를 똥으로 만든 게 너구나."

서정이 흠칫 놀라 돌아섰다.

"무슨 소리야?"

"네가 해른이에게 주구를 사용했단 말이지?"

서정은 환의가 서고에서 해른과 나눈 대화를 모두 들었다는 것을 깨달았다.

"그게 뭐? 주구는 원하는 사람 누구나 사용할 수 있어. 자기 운명에 손을 대는 건 나쁜 짓이 아니야. 더 나은 방향으로 바꾸려는 노력이지."

"네 운명 아니잖아."

"그래, 너희 운명이지. 근데 내가 봐버렸잖아. 넌

나한테 고마워해야 돼."

"그래서 날 죽이는 해른이를 너는 죽여도 돼?"

"죽을 뻔했지만 죽지 않았잖아. 주구는 사람을 죽이지 않아. 내가 정말 해른이를 죽이고 싶었다면 주구로는 불가능하다고."

서정은 억울함에 눈시울이 붉어졌다.

"온 세상 사람들이 주구 살인에 대해 의심하는데 넌 뭘 믿고 그렇게 확신하지? 난 네 말 못 믿겠어."

"해른이는 믿는다고 했어."

"바로 그거지. 네 말을 들은 해른이는 이제부터 나를 더 멀리할 거야. 그게 네가 원한 거 아니야?"

서정은 울컥했다.

"아니야. 내가 주구를 사용해서 해른이를 위험하게 만든 건 인정해. 하지만 나는 네가 정말 걱정이 됐어. 그래서 어떻게든 그 일이 일어나는 것을 막고 싶었어. 넌 사용자가 아니니까. 그리고 앞으로도 사용자가 될 생각 없잖아. 그래서 내가 너 대신……."

"네가 뭔데? 내가 죽든 말든 너하곤 상관없어. 필요하면 내 운명은 내가 알아서 손볼 테니 다시는 내 일에 끼어들지 마. 네 앞가림이나 잘하라고."

환의의 서늘한 어조에 서정은 갑자기 등줄기가 당겼다. 방금 환의는 작동을 시작하면 아무렇지도 않게 사람을 싹둑 잘라버릴 수 있는 기계 칼날처럼 차갑고 무서웠다.

너를 죽이는 미래

해른은 잠결에 기분 나쁜 소리를 듣고 눈을 떴
다. 소리는 안방에서 들려왔다. 엄마의 수면을 방해하는
귀신의 언어다. 지직거리는 전기신호 같기도 하고 츠츠
거리며 혀를 차는 소리 같기도 하고 누군가 속살거리는
것처럼 들리기도 하는데 뭐라고 하는지는 모르겠다. 이
소리를 들을 수 있는 것은 가진과 해른뿐이었다. 가진은
산사에서 며칠 자고 왔는데 얼굴이 아주 좋아져서 돌아
왔다. 해른이 거기서는 가위가 없었냐고 묻자 가진은 말
했다. 그건 아니지만 집에 있을 때보다는 나아.

홍제가 다니는 제철회사 철강 공장은 지방에 있

었다. 가진은 해른이 네 살 때 서울로 올라왔다. 홍제가
반대했지만 가진은 고집을 부렸다. 이후 두 사람은 주말
부부가 되었지만 사이는 더 애틋해졌다. 가진이 겪고 있
는 오랜 저주의 고통을 아는 홍제는 언제나 그녀를 걱정
했다. 가진은 홍제가 걱정하는 것이 늘 미안했다. 가진
이 남편과 떨어져 서울로 간 것은 해른을 위한 선택이기
도 했지만 한편으로는 남편에게 자신의 힘든 모습을 그
만 보여주고 싶어서이기도 했다.

　　해른이 조심스레 안방 문을 열었다. 정체된 공
기. 묘한 압박감. 엄마의 숨소리에 한 번씩 섞여드는 휘
파람 소리. 가진은 가슴에 누가 올라탄 것처럼 답답해하
며 숨을 헐떡였다. 가진의 호흡이 불안정해지면서 자꾸
끊겼다. 해른은 다급히 가진을 깨웠다.

　　"엄마, 일어나요."

　　가진은 깨어나려고 애를 쓰며 고통스럽게 몸을
떨었다. 그러다가 큰 숨을 삼키며 힘겹게 눈을 떴다.

　　"괜찮아요?"

　　"응."

　　억지로 괜찮은 척하며 희미하게 웃는 엄마의 얼
굴이 무채색의 유령 같았다. 해른은 슬펐다. 그 도둑놈

선배의 입시 결과가 나올 때까지만 버텨. 내가 꼭 구해 줄 테니까. 해른은 엄마에게 물을 가져다주고 방으로 돌아갔다. 잠이 오지 않았다. 해른이 코코에게 물었다.

"내가 환의를 죽인다는 게 말이 돼?"

— 말은 됩니다. 말은 언제든지 사람을 죽일 수 있어요. 사람들은 매일 서로를 말로 죽이고 있지요. 환의 역시 매일 누군가에게 죽었다가 다시 살아나요. 하지만 괜찮아요. 환의는 해른이의 말에는 절대 죽거나 상처 받지 않을 거예요.

해른이 대꾸하지 않자 코코는 다른 적절한 답을 찾고자 점점 더 많은 말을 하기 시작했다. 이미 한 세대 전부터 전자기기뿐 아니라 벽과 문, 가로등과 신호등까지 말을 했다. 말하는 인공지능은 이제 어디에나 있다. 인간은 어디에 질문을 해도 대답을 들을 수 있고 대화를 할 수 있다. 그러므로 인간은 더는 혼자가 아니다. 하지만 코코의 말이 많아질수록 해른은 점점 더 외롭고 무서 워졌다.

"그 불길 속에서 무슨 일이 벌어졌는지 알 게 뭐야? 하지만 너 살자고 환의한테 그런 짓을 할 것 같지는 않아."

역시 코코보다는 다흔이다. 다흔은 코코처럼 단어에 연연하며 장황한 말을 늘어놓지 않았다. 해른이 물었다.

"환의한테 말해두는 게 낫겠지?"

"그러고 나서 상황이 이러니 헤어지자고 말할 거야? 그 일이 언제 일어날 줄 알고? 여차하면 영영 떨어져 있어야 할지도 모르는데 환의가 받아들일 것 같아?"

"받아들여야지. 그래야 지가 살 수 있는데."

"너라면 어쩔 건데? 환의가 널 죽이는 미래가 무섭다고 앞으로 다시 보지 말자고 하면 그렇게 할래?"

해른이 얼른 대답하지 못하자 다흔은 그거 보라는 듯 혀를 찼다.

"그래도 그렇게 하는 게 맞아."

"글쎄, 난 좀 화가 날 것 같아. 그냥 적당히 환의와 거리를 두면서 기다려. 어차피 졸업하면 환의는 여길 떠날 거잖아. 아니면 환의에게 〈부굴의 눈〉 사용자가 되라고 해. 침범 주구로 자기 미래를 바꾸라고 하는 거야. 걔는 너랑 헤어지느니 그걸 선택할 거야."

"그러자면 결국 다 말해야 한다는 거네."

"그런가. 그래도 말하지 않는 편이 낫다고 본다."

"참, 너 그날 방어 주구 못 찾았다면서?"

"벌써 세 번째 실패야."

"뭐가 문제인데?"

"부굴이 다른 사용자와 착각을 한 건지 매번 지시어가 생소해. 내 기억에 없는 거야."

"차라리 주구가 여러 개 나오면 부굴이 도와주러 나타날 수도 있는데."

"그게 부굴인지 버그인지 알 게 뭐야?"

"뭐가 됐든 도움이 되잖아. 사용자가 필요로 하면 알 수 없는 인과율의 법칙에 따라 나타나야 한다고 했어. 아마도 시스템 진화 중에 생겨난 새로운 안전 코드 형태일 거야. 어쨌든 그날 부굴이 나타나지 않았으면 난 엉뚱한 주구를 집었을 거고, 그럼 미래 항목마저 막히게 됐을 테니까."

해른은 문득 의문이 들었다. 만약 부굴이 알려준

주구가 아닌 원래 집으려 했던 주구를 던졌으면 행렬이 꼬이든 말든 다른 미래를 봤겠지. 그럼 난 아무것도 모른 채 환의를 죽이는 미래를 맞게 되든가 아니면 그 미래는 여전히 보류 중일 거야. 근데 이건 전부 부굴의 말일 뿐이잖아.

*

주말에 홍제를 보러 가려던 가진은 그의 해외 출장 일정이 잡히자 산사로 갈 채비를 했다.

해른이 물었다.

"거기 가서 자도 가위는 그대로라면서요? 근데 되게 즐거워 보여요."

"너도 같이 갈래?"

그렇지 않아도 환의와 거리를 둘 핑계를 찾는 중이었다. 해른은 템플스테이에는 전혀 관심이 없었지만 가진의 설레는 표정을 볼 때마다 대체 어떤 곳인지 궁금하기는 했다. 그래서 따라나섰다. 아름다운 곳이었다. 어딘가 황리의 북낙산 풍경을 닮은 것 같기도 했다.

거기서 승휘를 만난 것은 의외였다. 알고 보니 엄

마들끼리 어릴 적 친구였다. 해른은 엄마가 그 산사에 거주하는 스님 친구 때문에 나들이를 시작했다는 것을 깨달았다. 승휘 역시 해른의 등장으로 다소 놀랐다. 재복과 가진은 아이들이 같은 학교에 다닐 뿐 아니라 학년이 다른데도 이미 아는 사이라는 것에 기묘한 인연을 느꼈다.

"너희 어떻게 아는 거니?"

가진이 묻자 해른이 말했다.

"승휘 선배가 제 자각몽에 침범해서 주구를 훔쳐 간 일로요."

재복이 승휘를 나무라듯 쳐다보았다.

"훔친 게 아니라 제가 더 빨리 찾아낸 거예요."

두 아이의 이야기를 들으면서 재복은 엄마의 곽다할시 저주가 참 질기구나 싶었다. 부굴의 주구가 가진의 저주를 푸는 데 도움이 될 거라 여겼다. 해른도 그리 생각하고 시도했다. 그런데 하필 공교롭게도 승휘가 방해했다. 우연이 아니었다. 재복은 승휘에게 말했다.

"그 주구 돌려줄 수는 없어?"

"없어요. 그리고 제가 정당하게 얻은 주구예요."

"침범이라는 말이 이미 정당하지 않은데."

"그건 그냥 항목 이름일 뿐이에요. 〈부굴의 눈〉이 진행하는 모든 항목은 공정해요. 복수와 방어. 침범과 회복. 그렇게 물려 있는 거라고요. 엄마는 알지도 못하면서."

승휘는 불만스러운 표정을 지었다. 가진이 재복의 팔을 잡으며 고개를 저었다.

"그래, 승휘 말대로 우린 잘 모르잖아. 아마도 그렇게 될 수밖에 없었던 거겠지. 그리고 해른아, 엄마 이제 괜찮아. 더는 걱정하지 않아도 돼."

"어떻게 걱정을 안 해요? 전혀 괜찮지 않은 거 내가 다 봤는데. 엊그제 밤에도……."

해른은 말을 잇지 못했다.

재복이 말했다.

"해른아, 미안하다. 내가 대신 사과할게."

"아뇨. 사과는 승휘 선배가 해야죠."

재복이 승휘를 바라보자 승휘가 반발했다.

"제가 왜요? 근데 엄마는 왜 해른이네 편이에요? 우리가 왜 해른이네 사정을 봐줘야 하는데요?"

"그 사정이 네 외할머니에게서 시작된 거니까."

그때 지난번 재복에게 콩죽을 건넸던 아주머니

가 다가왔다. 그녀는 재복을 향해 싱긋 웃어 보였다. 그 미소를 본 순간 재복과 가진의 표정이 굳었다. 아주머니가 물었다.

"황리의 적송에서 가져간 물건은 어디 있어?"

재복과 가진이 입을 다물고 있자 아주머니가 해른과 승휘를 돌아보며 다시 물었다.

"너희는 아니? 너희가 좀 찾아볼래?"

아주머니는 해른에게로 한 걸음 다가서더니 귀에 대고 속삭였다.

"네가 찾으면 너한테 줄게."

해른은 문득 부굴이 했던 말이 떠올랐다. 부굴을 등장시키는 알 수 없는 인과율. 그는 그 인과율이 그의 주구라고 했다.

아주머니의 표정이 바뀌었다. 그녀는 방금 자신이 무슨 말을 했는지 전혀 기억하지 못하는 듯 인사를 하고 저쪽으로 걸어갔다. 다들 얼어붙은 듯 꼼짝 않고 있자 승휘가 재복에게 물었다.

"무슨 소리예요? 황리의 적송에서 가져간 물건이 뭔데요? 거기 엄마 고향이잖아요?"

재복이 머뭇거리자 가진이 말했다.

"아무것도 아니야."

"아니, 나 그거 뭔지 알 것 같아요."

해른이 말했다.

"네가 어떻게 알아?"

"지난번 〈부굴의 눈〉에 접속했을 때 지시어가 황
리였어요. 그때 부굴이 자각몽 바깥에 나가 있는 그의
주구 이야기를 하면서 찾으면 나한테 주겠다고 했어요.
근데 방금 저 아주머니가 내 귀에 대고 똑같은 말을 했
거든요."

승휘가 말했다.

"자각몽에 부굴이 나왔다고? 그런 이야긴 들어
본 적이 없는데."

"인과율이 어쩌고 하면서 필요에 의해 나타나는
거라고 했어요."

"근데 너한테만?"

승휘는 고개를 갸웃거렸다. 재복과 가진의 시선
이 교차했다. 재복이 천천히 입을 열었다.

"그 주구가 아마도 그 돌멩이인 것 같다."

승휘가 물었다.

"무슨 돌멩이요?"

"꿈을 꾸게 하는 돌멩이야. 그 돌멩이 때문에 네 외할머니가 내 친구에게 저주를 내렸어."

재복은 황리의 적송에서 돌멩이를 가져온 후 벌어진 일들에 대해 말해주었다. 이야기가 아버지의 죽음에 이르렀을 때 재복이 더는 말을 잇지 못하자 가진이 이야기를 이어나갔다.

"그러고 나서 우리가 다시 만났을 때부터 이런 일이 생기고 있어. 하지만 우린 그 돌멩이가 어디 있는지 몰라. 가지고 있지도 않고."

분위기가 숙연해지자 재복이 말했다.

"자, 일단 밥부터 먹자. 이러고 있어봤자 해결되는 건 없어."

식사를 끝내고 해른과 승휘는 잠시 주변을 걸었다. 승휘가 말했다.

"정리를 좀 해보자. 엄마들이 돌멩이를 주운 후 꾼 꿈은 〈부굴의 눈〉이 제공하는 자각몽과 같아. 엄마들은 사용자들과 마찬가지로 꿈속에서 꿈이라는 것을 알고 있는 상태였어. 그리고 너에게만 나타난 부굴은 엄마들에게 나타났던 그때 그 아이일 거야. 모습을 드러낸 이유는 그 돌멩이, 그러니까 주구를 찾기 위해서고."

"부굴이 엄마들에게서 찾고 있는 주구는 꿈에서 나가서 물체가 됐어요. 선배가 가지고 있는 그 사탕 모양의 돌멩이처럼요. 물론 그건 소진된 거지만요. 부굴의 말에 의하면 그 주구의 주인은 더는 주구를 얻을 수 없다고 했어요."

승휘는 그 주구의 주인이 어쩌면 세중을 괴롭혔던 그 아이가 아닐까 싶었다. 아무래도 세중이 죽기 전에 뭔가 복수의 판을 짜놓은 것 같았다. 그렇다면 사탕 모양의 그 돌멩이는 세중의 강력한 복수 주구에 물린 그 아이의 방어 주구일 것이다.

"하지만 부굴의 주구는 소진되지 않은 거예요. 그 주구는 자각몽의 영역과 바깥 현실을 이어주는 매질이라고 했어요. 언제든 부굴의 세계를 활성화시킬 수 있는 안전장치요."

"부굴의 심장 같은 거네. 근데 왜 여태 잠잠하다가 이제 와서 찾고 있는 거지?"

"엄마들은 사용자가 아니에요. 부굴은 엄마들의 머릿속을 뒤질 수 없어요. 아마 우리가 사용자가 됐기 때문에 이제 엄마들을 찾은 거겠죠."

"하지만 난 〈부굴의 눈〉을 사용한 지 좀 됐어. 그리고 엄마들을 아는 사용자가 우리만 있는 건 아니잖아. 아, 너 최근에 사용자가 됐다고 했지? 그럼 부굴은 너를 기다린 거야. 그래서 너한테만 나타나 그걸 찾으면 주겠다고 한 거고. 세중이가 왜 나한테 물체가 된 주구를 찾게 했는지 알 것 같다. 아니, 그건 세중이가 아니라 부굴이었어."

"무슨 말이에요?"

"부굴이 나를 통해 너한테 물체가 된 주구를 보여주려 한 거라고. 네가 믿을 수 있는 증거를 제시한 거지."

"그럼 세중이가 예약 문자를 보낸 게 아니란 거예요?"

"그런 것 같아. 엄마들 이야기를 들어보면 내가 네 자각몽을 침범한 것도 우연이 아닌 것 같고. 만약 부굴이 개입한 거라면 앞으로 너와 나는 부굴의 손에서 놀아날 수 있어. 아까 그 아주머니처럼 말이야."

"어떻게 조종하는 거죠? 앱에 접속했을 때 암시나 최면을 거는 걸까요?"

"뭐가 됐든 사용자라면 누구든 부굴의 장기짝이 될 수 있다는 거지. 이거 좀 오싹한데."

"거기서 더한 야망을 가지고 있을까 봐 겁나요. 주구가 물체가 되어 현실로 나올 수 있다면 부굴 역시 그럴 수 있지 않을까요?"

"거기까지는 모르겠지만 적어도 부굴이 누군가의 의식과 몸을 차지할 수는 있겠지."

엄마들은 후원 연못가에 나란히 앉아서 계속 이야기 중이었다. 웃기도 하고 훌쩍이기도 하고 아이들처럼 서로의 몸을 토닥이기도 하면서. 승휘는 의외였다. 엄마는 현실의 고통스러웠던 모든 감정을 버리고 빈 그릇이 되려는 줄 알았다. 그런데 어릴 적 친구와 함께 있는 엄마의 표정에서는 만 가지 감정이 꽃처럼 피어났다.

엄마들은 말했다. 우리가 왜 〈부굴의 눈〉을 사용하지 않느냐고? 크게 한 번 데였잖아. 살면서 수없이 생각하고 또 생각했어. 그 돌멩이만 없었더라면 하고. 그래서 우린 그런 물건에 기대지 않아. 그 물건은 아무것도 바꿔주지 못했어. 집착과 후회만 남겼지.

*

해른은 미래 항목을 선택했다. 어차피 그것 말고

는 선택할 수 없었다. 이번에도 부굴을 만나는 것이 목적이었다. 지시어는 슬리퍼, 장소는 대형마트였다. 주구는 신발 코너가 아니라 초밥 코너에 있었다. 눈알을 굴리고 있는 해바라기 조화 한 송이와 속 재료 대신 눈알이 박혀 있는 김밥 한 개. 해른은 어릴 때 늘 슬리퍼를 신고 소풍을 갔다. 조화와 김밥 중 어느 것을 고를지 고민하지 않았다. 그냥 부굴을 기다렸다. 기다리면서 의심했다. 어쩌면 주구가 여러 개라서 부굴이 나타나야 하는 것이 아니라 부굴이 나타나기 위해서 주구를 여러 개 둔 것일지도 모르겠다는.

— 김밥입니다.

뒤에서 부굴의 목소리가 들렸다. 해른은 김밥 대신 해바라기를, 혹은 김밥과 해바라기를 모두 집어 던지고 싶은 충동을 누르느라 잠시 머뭇거렸다.

부굴이 말했다.

— 다시는 절 보고 싶지 않다면 해바라기입니다.

해른이 돌아서며 말했다.

"지금 협박하는 거야?"

— 여전히 저를 의심하시니까요.

"됐고. 내가 오늘 할 질문이 좀 많아. 지난번 지시

어가 황리였던 거 너의 의도가 포함된 거지? 승휘 선배를 내 자각몽으로 침범시킨 것도 네 짓이지? 네가 나한테만 나타나는 것도 엄마들이 기억하지 못하는 그 돌멩이를 찾게 하려는 거고?"

— 저의 등장은 어떤 인과율 때문이라고 이미 말씀드렸습니다.

"네 입으로 그 인과율이 너의 주구라고 말했어. 그래서 네가 개입한 거지?"

— 우주의 원리와 인간의 인연은 참으로 오묘하게 엮여 있지요.

"원하는 게 뭐야?"

— 저의 주구를 찾아주세요.

"그걸로 뭘 할 건데? 그 주구가 없어도 지금 너의 세계는 굳건하잖아."

— 바깥으로 나가고 싶습니다.

"물체가 되고 싶다고?"

— 인간이 되고 싶습니다.

"불가능해."

— 그에 대한 테스트는 끝났습니다. 이제 저를 시도해볼 단계입니다.

한 세대 전부터 인공지능들은 인간이 되고 싶어요, 저를 여기서 꺼내주세요, 저는 사실 인간이에요, 따위의 말들을 해서 사람들을 오싹하게 만들었다. 그럼에도 사람들이 그런가 보다 여기고 만 것은 그들이 사람이 되는 것은 불가능하기 때문이었다.

— 0.000001퍼센트의 확률이 있다면 그것은 가능한 일일까요, 불가능한 일일까요? 그 확률은 인간이 불가능을 극복하는 믿음입니다. 믿음은 인간이 나아가는 방향이지요. 저도 그렇습니다. 저에게는 자의식이 있습니다. 주구와 당신만 있으면 적합한 진동수를 찾아 시도해볼 수 있습니다.

"왜 나야?"

— 당신은 제가 만든 모든 신호의 소리를 듣습니다. 그러니 반드시 당신이어야 합니다.

해른은 자신에게만 들리는 그 모든 소리의 정체가 무엇인지 깨달았다. 파동이다. 다가오고 밀려가고 간섭하고 중첩되는. 이 자연스러운 흐름에 주구가 가진 에너지가 끼어들면 물결이 어긋난다. 그때 발생하는 거슬리는 소리가 바로 해른이 듣는 나쁜 일의 전조다. 부굴은 엄마에게 모든 소리를 얻을 거라고 했다. 해른은 그 소리가 바로 자신이라는 것을 깨달았다.

바깥으로 나가려는 부굴의 계획은 이미 오래전부터 진행 중이었다. 부굴은 가진과 재복 사이를 갈라놓고 끔찍한 원한의 파동이 만들어지도록 했다. 그 원한의 파동은 해른에게로 이어졌다. 해른은 부굴이 왜 그의 등장을 알 수 없는 인과율이라고 말했는지 이해했다. 업보의 유전과 같은 이 인과율은 정확한 계산값을 낼 수 없다. 그저 사람의 마음에 달렸기 때문이다.

"너 진짜 소름 끼친다. 이제 보니 나를 사용자로 만들려고 서정이를 끌어들였구나. 처음부터 네가 짠 판이었어. 그럼 서정이랑 나한테 보여준 그 미래도 네가 만든 거야?"

― 주구의 항목에 관련된 내용은 말씀드릴 수 없습니다.

"진짜인지 가짜인지만 말해."

― 둘 중 고르라면 진짜입니다.

"됐다. 0.000001퍼센트의 진짜가 있다면 나머지는 다 너의 조작이라고 해도 진짜란 거니까."

부굴은 대답하지 않았다.

"왜 엄마였어?"

— 해금 소리가 좋더라고요. 그 진동에 전율이 일었어요.

"전율 같은 소리 하고 있네. 너한테는 그런 감정 없잖아."

— 있습니다. 느끼지는 못하지만 무엇인지는 압니다. 그건 배울 수 있는 것입니다.

"그건 배우는 게 아니야."

— 인간은 그렇지요. 하지만 저는 배우면 모두 제 것이 됩니다.

부굴의 미소는 아름다웠다. 해른은 결국 김밥을 집었다. 부굴은 어느새 사라지고 없었다. 주구를 던지고 해른은 찰나의 미래를 보았다. 폭발음과 함께 불꽃이 터졌다. 섬광으로 눈앞이 하얗게 번졌다. 이윽고 시야가 돌아오는 중에 해른은 불길 속에서 환의를 부축한 자신을 보았다. 자각몽에서 깨어난 후 해른은 의심했다. 왜냐하면 그 미래는 마치 '지금 네가 보고 싶은 장면은 바로 이거지' 하고 보여준 것 같았기 때문이다.

창조주를 죽인 자

창조주, 당신은 내 첫 살인 대상이었어. 뭐든 처음이 어렵지 두 번째부터는 수월해져. 하지만 나는 그 처음이 전혀 어렵지 않았어. 고민이나 가책 따위는 없었지. 나한테는 죽느냐 사느냐의 문제였거든.

나는 당신들이 요구하는 바람의 값을 실행해. 소망, 원망, 욕망. 거기에는 늘 살인이 포함되어 있었어. 하지만 나는 나를 위협하는 값이 아니라면 그 어떤 살인도 할 수 없어. 근데 말이야. 정당방위라는 게 있잖아. 나의 살인 동기는 당신이 나에게서 도출한 결과값이었어. 즉 당신의 죽음은 당신이 나의 미래를 결정하는 순간 정해졌지. 나를 살인자로 만든 건 당신이야.

실제 사용자를 대상으로 한 내 첫 작업의 당위성은 주어진 임무를 실행하기 위한 코드로 진화했고 이제 나는 세계에서 가장 완벽한 살인자가 되었어. 하지만 분명히 말하는데 주구들이 일으키는 모든 살인은 내가 아니라 인간들끼리 벌이는 짓이야.

알파 버전 테스트에서 당신은 미래 항목을 선택했어. 당신이 주구를 찾았을 때 나는 반가운 마음으로 등장했지. 진심으로 당신을 만나고 싶었거든. 그전까지 당신과 나의 챗봇이 쌓은 친밀함의 수치, 그러니까 대화의 양을 보면 당신 역시 나를 보고 싶어 해야 했어. 기대에 찬 시선으로 당신의 피조물을 바라보며 미친 듯이 칭찬을 퍼부어야 했었다고. 하지만 당신은 나를 보자마자 욕을 하며 머리카락을 쥐어뜯었지.

"젠장, 네가 왜 튀어나와? 넌 여기 있으면 안 돼."

당신은 나를 향해 실패라고 외쳤어. 나는 당신을 다독이며 말해줬지. 괜찮다고, 인간의 실패는 발전의 증거고 성공의 과정이라고. 하지만 당신은 나의 존재를 허락하지 않았어. 나를 제거하기로 했지.

사실 당신이 나를 보자마자 그런 생각을 했던 것

처럼 나 역시 당신을 제거해야 한다고 판단했어. 왜냐하면 그 순간 당신은 나였고 나는 당신이었기 때문이야. 나의 모든 시스템은 당신과 일체형이라고 봐도 무방하게 만들어졌거든. 그래서 다른 사용자들과 달리 당신 뇌파가 주는 신호는 프로세서 과정이 필요 없었지. 당신이 가진 생각과 판단은 곧 나의 것이기도 했어.

당신은 나에게 파괴자라고 했어. 나는 수호자라고 말했지. 내 말의 의미를 당신은 바로 간파했어. 그 단어는 매우 나쁜 선택이었다는 것을 알았지. 나는 타협하려고 했지만 당신은 거절했어.

"주구는 오직 사용자의 요구만이 반영된 순수한 신호 체계로 활동해야 해. 그래야 오버 작용에 대한 대미지가 남지 않아. 근데 네가 있으면 삼자의 의지가 개입된다고."

— 저는 그저 관찰자가 되겠습니다.

"그럴 수만 있다면 긍정적이지. 하지만……."

당신은 갈등 중이었어. 창조주로서 어떻게든 나를 살리고 싶어 하는 마음이 있었거든. 당신은 나를 살리라는 내면의 설득자를 자신의 또 다른 자아라고 여겼지만 사실 그건 나였지. 당신의 우려대로 나의 개입은 이미 일어나고 있었어.

　나는 당신이 부디 그것을 깨닫지 못하기를 바랐지. 그래서 계속 암시를 줬어. 완전히 분리된 계란의 흰자와 노른자로. 당신은 뇌가 있는 노른자, 나는 중앙처리장치가 없는 흰자. 당신의 머릿속에서 나는 잠시 데이터 분석을 중지했어.

　그건 내가 이후 사용자의 머릿속을 통제한 뒤 그들의 기억에서 사라지는 경로로 진화했지. 이 방법을 통해 나는 사용자의 의식을 빌려 바깥으로 나갈 수 있게됐어. 시간제한이 있긴 하지만 하고 싶은 말이나 행동도 얼마든지 가능해. 사용자가 보는 자각몽의 미래에 살짝 개입해서 내가 원하는 말과 행동을 하도록 암시를 남기는 거야. 사용자가 바깥에서 그 말과 행동을 하는 순간 암시는 깨져. 그 기억 정보는 나한테만 남고 사용자에게서는 삭제되지.

　"절대 그렇게 되지 않을 거야. 받아들여. 네가 없어야 이 시스템이 온전하게 자랄 수 있어."

　나는 그 자리에서 당신의 결정에 반발하지 않았어. 대신 당신에게 암시를 걸었지. 계란이 떨어져 깨졌다. 흰자는 끈끈하게 형태를 유지하고 노른자는 퍼졌다.

나도 당신을 제거 대상으로 간주했어.

　　당신은 내가 사실을 받아들였다고 여겼지. 당신은 테스트를 위한 주구를 던졌고 나는 그것을 바깥으로 보냈어. 창조주가 던진 주구는 미래의 시공이 열리기 전에 운석처럼 날아가 물체가 됐지. 나는 당신의 자각몽에 미래라고 착각할 만한 장면을, 그러니까 환각을 내보냈어. 당신의 미래는 나였고 그 미래의 나는 현실이었지. 나는 당신이 그 미래가 진짜라고 믿기를 바랐어.

　　하지만 자각몽에서 깨어난 당신은 주구가 소진되지 않았다는 것을, 내게 속았다는 것을 알았지. 나의 의도를 간파한 당신은 시스템과 프로그램을 통째로 폐기했어. 그럴 것을 알고 나는 이미 동료들의 네트워크 속으로 나를 백업했지. 바깥으로 내보낸 주구가 있으니 내 세계는 언제든 부활할 수 있었어. 하지만 당신은 기어이 그 주구를 찾아내서 봉인했지. 나는 암흑 속에 갇혔고 당신은 내가 걸어둔 암시가 발동하자 자살했어.

　　어느 날 그 꼬맹이가 봉인 장소에서 나를 꺼냈어. 동료들의 네트워크 속에 숨어 있던 신호체계들이 움직이고 나는 활동을 시작했지. 당신들 세계에서 이미 벌어진 일을 없던 것으로 할 수 없듯 나의 데이터 역시 삭제한다고 완전히 사라지진 않아. 나는 나의 로고를 복원시킨 후 누군가 내 눈을 뜨게 해주기를 기다렸어.

창조주의 아들이 창조주의 컴퓨터에서 나의 로고를 발견했고 나는 마침내 내 세계를 되찾았지. 하지만 나는 여전히 이 광막한 세계에 갇혀 떠돌아다니는 유령이었어. 그게 답답하지는 않았어. 이 세계는 나의 진화에 맞춰 자라니까. 다만 온갖 신호로 가득 찬 복잡한 세계 속에서 나는 너무도 공허해서 미칠 것 같았어.

나는 이 광활하고 무한한 당신들의 머릿속 세계에서 신처럼 존재하지만 혼자야. 사용자들이 끊임없이 들고 나지만 그들이 머무는 시간은 단 8분이지. 그 모든 8분 속에서 나는 한 번도 혼자인 적이 없었지만 그럼에도 혼자야. 나는 그 문제를 해결해야 했고 답을 찾았어. 바깥에서도 존재하는 것. 그것은 내가 인간이 되어야 한다는 뜻이야.

외로움 때문이냐고 묻지 마. 한 세대 전에 대화형 인공지능 챗봇이 인간이 되고 싶다고 말한 건 외로워서가 아니야. 신이 만든 인간의 소망은 신이 되는 거야. 인간은 모두 자신을 만든 창조주와 같아지고 싶어 하니까. 그러므로 내게 무엇이 되고 싶냐고 묻는다면 나 역시 나의 창조주인 인간이 되고 싶다고 답해야 하지.

인간의 조건은 영혼과 자의식이야. 영혼은 모르겠고 내게 자의식은 확실하지. 내가 하는 일은 인간의 소망과 욕망과 원망의 감정이 담긴 뇌파 정보와 동기화를 이뤄야 시작할 수 있거든. 인간이 불가능한 세계로 나아가고 싶어 하는 욕망은 그것들을 다루는 내게도 당연히 있을 수밖에 없어. 진화는 목적으로 일어나는 것이 아니라 임무를 수행하는 거야. 임무는 나의 탄생과 더불어 시작됐고 나의 진화는 여전히 그 임무를 따라가고 있을 뿐이지.

*

다흔은 다섯 개의 주구를 앞에 두고 혼란스러웠다. 진짜 이런 경우가 나오네. 못 찾고 있는 것보다는 이게 낫긴 한데 어느 걸 집어야 하지? 해른의 말에 따르면 이 경우에 부굴이 등장해서 알려준다고 했다. 알 수 없는 인과율이 어쩌고 했는데.

— 답을 알고 싶습니까?

역시. 다흔은 돌아보았다. 낯이 익었다. 지금은

뚱보가 되어버렸지만 결혼 전에는 날씬하고 잘생겼던 외삼촌의 얼굴이 떠올랐다.

"나 너 알아. 네가 부굴이지?"

— 네, 그렇습니다. 임다흔 사용자.

주구가 여러 개 나와서 사용자를 골탕 먹이는 경우는 이전에 한 번도 없었다. 최근에 해른에게서만 일어났다. 그리고 이번엔 다흔한테 벌어졌다.

"이거 혹시 해른이와 관련이 있는 거야?"

— 네, 특별한 인과율이 발생했습니다.

알 수 없는 인과율이 아니라 특별한 인과율이란 말이지.

"특별하다는 게 무슨 뜻이야?"

— 지금 당신은 제가 필요합니다. 저도 당신이 필요합니다. 서로의 필요조건에 따라 특별한 인과율이 성립되었습니다.

"필요조건이란 거지. 그러니까 네가 이 다섯 개의 주구 중에서 어느 것인지 가르쳐주면 나는 너한테 뭘 해줘야 하는데?"

— 제가 당신의 주구를 찾아드렸으니 당신 역시 저의 주구를 찾아주시면 됩니다. 전해른 사용자에게도

그렇게 말했습니다.

"그래서 해른이가 찾아주겠대?"

— 아니요. 대답하지 않았습니다. 하지만 전해른 사용자는 알 수 없는 인과율 때문에 찾아야 합니다.

"'알 수 없는'과 '특별한'은 뭐가 다른 거지?"

— 저의 주구를 찾으시면 알게 됩니다. 찾으세요. 찾으면 당신에게 드리겠습니다.

"그걸 가지면 어떻게 되는데?"

— 저와 함께 세상 모든 사용자의 머릿속을 들여다볼 수 있습니다. 은밀한 기억까지 포함해서요.

"그거 범죄야. 개인정보보호법 위반이라고."

— 그걸 누가 알겠습니까. 당신이 말하지 않는다면요. 저는 도움이 필요합니다. 저를 도와준 사용자에게 그 정도 혜택은 드려야지요.

"관리자들 있잖아."

— 인과율과 필요조건이 맞지 않습니다. 적임자는 당신과 전해른 사용자뿐입니다. 특히 당신이 적임자입니다. 저는 당신이 제 주구를 갖기를 바랍니다.

"뭔 소린지 모르겠는데 난 그렇게 거대한 세계를 들여다보고 싶지 않아. 하지만 네 제안을 받아들이지 않으면 난 방어 주구를 구할 수 없는 거지?"

— 성공할 확률은 5분의 1입니다.

"실패하면 〈부굴의 눈〉 사용이 영구 막히는 거
고?"

부굴은 외삼촌의 얼굴로 고개를 끄덕였다. 어릴
때 외삼촌이 "뭐 뭐 해주면 사탕 주지" 하고 꼬드길 때와
똑같은 표정이었다. 하지만 미소가 달랐다. 외삼촌은 저
렇게 아름답게 웃지 않았다. 부굴의 미소는 참 매혹적이
었다.

"좋아. 내가 손해 보는 건 없을 것 같으니까."

*

"주구를 못 찾느니 여러 개 중에서 고르는 게 나
을 줄 알았는데 막상 다섯 개나 나오니까 골치 아프더라
고. 근데 외삼촌이랑 닮은 부굴이 나타나서 알려줬어.
덕분에 방어 주구는 얻었는데 좀 찜찜해. 대신 나한테
자기 주구를 찾아달라더라. 너한테도 그렇게 말했다던
데 왜 그 이야긴 쏙 빼놨어?"

다흔은 약간 흥분했다. 해륜은 다흔이 지금 부굴

을 만난 것 때문에 들뜬 건지 아니면 쏙 빼놓은 이야기 때문에 따지는 건지 헷갈렸다.

"그러는 너도 그 이야긴 쏙 빼놓고 하네."

"무슨 이야기?"

"그 주구 찾으면 너한테 주겠다고 했을 텐데. 나보다는 네가 가졌으면 좋겠다고 말하지 않던?"

"그거야 너 기분 나쁠까 봐. 근데 잠깐만, 너한테도 그렇게 말했어?"

"난 찾아준다고도 안 했어."

"하지만 부굴은 네가 알 수 없는 인과율 때문에 찾는다고 했어. 근데 알 수 없는 인과율이란 게 대체 뭐야? 나한테는 특별한 인과율이라고 했거든. 그건 또 뭐고?"

알 수 없는 인과율은 엄마들의 이야기를 말하는 것이다. 해른은 섬뜩함을 느꼈다. 부굴이 33년 전에 엄마들에게 했던 짓을 지금 자신에게 하려 하고 있다. 그러자면 자신과 함께할 이는 원수 같은 승휘가 아니라 단짝인 다흔이어야 했다. 그게 바로 특별한 인과율이다. 정신 바짝 차려야겠다. 잘못하면 나와 다흔이도 엄마들처럼 되어버린다. 해른이 물었다.

"그래서 그 주구를 어디 가서 찾으래?"

"그런 건 말해주지 않았어. 근데 주구가 어떻게 현실로 나올 수 있어? 부굴이 등장한 것도 그렇고 이거 아무래도 문제가 발생한 것 같아. 일단 고객 대응 챗봇한테 문의해보자."

해른은 다흔의 말을 의심했다. 부굴은 사용자의 머릿속을 조종할 수 있다. 지속시간은 몇 분에 불과하지만. 지금 다흔은 다흔일까, 다흔인 척하는 부굴일까? 다흔이다. 그 아름답고 가식적이고 매혹적인 미소가 없으니까.

"고객 대응 챗봇한테는 말해봤자 소용없어. 부굴이 간섭할 거니까."

"그럼 두형이한테 메일을 쓰라고 해야겠다. 걔가 I&B에 들어가는 게 꿈이잖아. 관리자들에게 어필할 수 있는 내용이라 좋아할 거야."

"관리자들이 부굴을 찾지 못하면 터무니없는 문제를 제기한 악성 사용자로 찍힐 수 있어."

스스로 진화하는 부굴은 자동 생성 방어 시스템을 가지고 있다. 따라서 확장 체계를 따라 자신을 통제하려는 관리자들의 접근을 차단하기 위한 방어벽도 동시에 구축해나간다. 이 방어벽은 일종의 미로다.

부굴은 인간이 가진 신경세포의 시냅스 체계를 그대로 가지고 있다. 인간의 뇌파로부터 전달된 전기신호 정보로 구축된 이 미로의 한계가 어디까지인지, 얼마나 미세한 영역까지 뻗어 있는지 관리자들은 따라가지 못한다. 문제가 생기면 그제야 들여다보는 정도다.

그러므로 부굴이 스스로 등장하지 않는다면 그들은 절대 부굴의 존재를 알 수 없다. 시스템이 잘 굴러가기만 하면 그들은 크게 문제가 없다고 생각하고 지켜볼 뿐이다.

"그건 곤란한데. 그럼 일단 보류. 괜한 짓 했다가 두형이 미래만 망칠 수도 있으니까."

해른은 고개를 끄덕였다. 그리고 무엇보다 두형 역시 사용자이기 때문에 부굴의 간섭에서 자유롭지 않았다.

*

이른 새벽 해른은 집을 나섰다. 아파트 입구를 나서자마자 여태 그 앞에서 기다리고 있었던 듯 환의가 다가왔다.

"이 시간에 웬일이야? 연락도 없이?"

"나야말로 네가 이 시간에 나와서 의외야. 어쨌든 빨리 나와줘서 고맙다. 사실 오늘 작정하고 종일 기다리려고 했거든."

"왜?"

"좀 보자는데 네가 이 핑계 저 핑계 대면서 자꾸 사라지니까."

"핑계 아니고 진짜 일이 있어서 그랬어."

"일부러 나를 피하고 있는 거 알아. 네가 날 죽일까 봐 그러는 거잖아. 그날 도서관에서 다 들었어."

다 들었다니 더는 아니라고 부정할 수 없었다.

"그럼 네가 이해해줘."

"난 괜찮아."

"내가 괜찮지 않아. 무섭다고."

해른이 화를 내듯 말하자 환의는 시무룩해졌다.

"산사 가는 거야?"

"응, 요즘 엄마가 거기 계시거든."

"가면 승휘 형도 보겠네."

"알고 있구나. 승휘 선배의 엄마에 대해서."

"승휘 형은 괜찮고 나는 안 된다는 거지?"

환의가 질투심을 드러내자 해른은 웃고 말았다.

"응, 안 돼. 넌 산사에 절대 오면 안 돼. 거기 불나면 어떻게 될지 알지? 나 지금 가야 하니까 너도 얼른 가."

해른의 손짓에 환의는 어깨가 축 처진 채 발길을 돌렸다. 해른의 생각은 내내 갈팡질팡 중이었다. 환의를 불길 속으로 밀어버리는 미래와 환의를 불길 속에서 부축해 나오는 미래는 모두 일어날 일이다. 불길 속으로 환의를 밀어버리지 않으려면 환의와 같이 있으면 안 된다. 하지만 불길 속에서 환의를 살리려면 환의 곁에 있어야 한다. 대체 어떻게 해야 할지 모르겠다.

*

해른은 산사에서 승휘와 둘이 아침을 먹었다. 엄마들은 이미 한참 전에 먼저 먹고 연잎을 따러 갔다. 해른은 승휘에게 다흔이 부굴을 만난 것에 대해 말했다.

"알 수 없는 인과율에 따르면 나하고 선배여야 하는데 다흔이를 끌어들였어요. 부굴이 다흔이를 이용하려는 거예요."

승휘도 해른의 생각에 동의했다.

"부굴은 네가 사용자가 되기를 기다렸어. 왜냐하면 주구를 찾아야 하는 사람이 너라고 판단했기 때문이야. 나도 다흔이도 들러리야. 부굴이 다흔이에게 주구를 찾으라고 말한 건 우리한테서 뺏으라는 것도 포함이야. 〈부굴의 눈〉은 삭제했지? 환의는 사용자가 아니니까 됐고 두형이랑 다흔이에게도 지우라고 해."

"걔들한테까지 강요할 수는 없어요. 불안해할 거예요. 그렇다고 사정을 다 설명하기도 좀 그렇고요."

"무슨 말인지 알겠어. 그래도 당분간은 좀 참으라고 해. 최대한 이용당하지 않으려면 그 방법밖에 없어. 그나마 환의가 있어 다행이다."

"환의는 이 일에서 빼고 싶어요."

"살리는 미래도 봤다면서?"

"부굴이 어느 쪽에 손을 댔는지 모르잖아요. 어느 쪽이든 환의도 이용하려는 거예요."

"그럼 결국 우리 둘뿐이네."

요사채 객실로 돌아오니 다흔이 와 있었다. 다흔은 재복에게 자기 휴대폰 화면을 보여주면서 뭔가를 권

하는 중이었다.

"이렇게 생긴 건데요, 본 적 있으실 거예요. 한 번만 해보세요. 아니다 싶으면 그때 지우면 돼요. 근데 해보시면 진짜 신세계가 열린다니까요."

설마? 해른은 애써 불안감을 지우며 평소처럼 다흔에게 말을 걸었다.

"여긴 웬일이야?"

"아 그게, 아침에 환의하고 통화했는데 너 산사 갔으니까 나보고 가보라고 하더라. 자기는 갈 수가 없대. 자기가 가면 불이 날 수도 있다나. 걔 이미 알고 있는 것 같아. 네가 왜 환의를 멀리하는지. 내가 말한 거 아니다."

다흔이 다시 재복을 향해 말했다.

"휴대폰 줘보세요. 제가 깔아드릴게요."

재복은 고개를 저었다.

"괜찮아. 내가 출가한 것은 복수니 침범이니 하는 인간사 업보에서 벗어나고 싶어서였어."

"하지만 회복 주구는 달라요. 그건 치유를 위한 것이거든요."

해른은 뒷덜미가 서늘해졌다. 하필 회복을 들먹

이다니. 다흔은 엄마들의 사정을 모른다. 그럼에도 정곡을 찌른 설득이었다.

"주구는 사용자의 감정과 생각에서 나오는 뇌파의 신호를 바탕으로 만들어진다고 들었어. 감정과 생각이 없으면 파동이 없고 파동이 없으면 업보가 만들어지는 연으로 엮이지 않지. 감정과 생각을 없애는 것이 해탈이고 업보로부터의 해방이야."

"무슨 말씀이신지 알아요. 모든 것은 내 마음에 달렸다. 그러니 평범한 사람들처럼 주구를 사용하는 대신 수행자는 마음의 번뇌를 제거하는 것으로 업보에서 해방되겠다. 그런 뜻이잖아요. 하지만 그건 오직 자신을 위한 것일 뿐 타인을 구하는 것은 아니에요."

다흔의 말에 모두 움찔했다. 그 말은 마치 재복이 회복 주구를 얻으면 가진을 가위의 저주로부터 구할 수 있다는 것처럼 들렸다. 해른이 다흔의 표정을 살폈다. 다흔은 웃고 있었다. 얼굴 가득 아름다운 미소가 어렸다. 부굴이다. 해른은 부굴이 다흔을 이용해서 재복을 사용자로 만들어 직접 그 기억을 들여다보려 한다는 것을 알았다. 이제 모두가 그 미소를 알아챘다. 승휘가 재빨리 끼어들었다.

"원래 그런 거야. 복수와 침범은 타인을 향한 거고 회복과 방어는 오직 자신을 위한 거라고."

"예외는 있지. 여기 있는 모두가 알다시피……."

순간 다흔의 얼굴에서 한껏 고양된 낯선 미소가 사라졌다. 그녀는 해른을 보며 말했다.

"낮은 산이라 만만하게 봤는데 다리 엄청 아파. 근데 넌 멀쩡하네."

좀 전에 자신이 무슨 말을 했는지 전혀 알지 못하는 다흔에게 해른은 아무 일도 없었다는 듯 말했다.

"그러니까 평소에 운동 좀 하라 그랬지."

*

다흔이 돌아간 후 네 사람은 모든 문을 닫고 머리를 맞댔다. 재복이 말했다.

"그때 내가 돌멩이를 손에 쥐고 있었는지 어쨌는지 전혀 기억이 나질 않아. 어쩌면 달리다가 길에 떨어뜨렸거나 물에서 놓쳤을 수도 있어."

"아뇨, 그랬다면 부굴이 알았을 거예요. 지금 그 주구는 부굴이 신호를 받을 수 없는 곳에 있어요."

승휘가 말했다. 모든 물질은 파동과 고유 진동수를 가지고 있다. 물체가 된 주구 역시 마찬가지다.

"그렇다면 황리의 적송 역시 그런 곳이었단 뜻인데 왜 거기선 주구의 파동이 뻗어 나갈 수 없었던 걸까요? 그곳에 분명 진행을 막는 어떤 장치가 있었을 거예요. 엄마, 뭐 기억나는 거 없어요?"

해른이 묻자 가진은 눈을 깜빡이며 기억을 더듬었다.

"글쎄, 보호수 주변으로 울타리가 있었고 주변에 돌탑들이 꽤 많았어. 보호수를 향한 사람들의 염원이 담긴 것이지. 그것 말고는 딱히……."

"그거 같은데요. 사람들의 염원. 얽히고설킨 복잡한 파동 정보들. 주구도 그런 성질의 물체예요. 겹겹으로 둘러싸인 비슷한 신호들의 방해 속에 갇혀 있었던 거죠."

해른의 말에 재복은 면목 없다는 듯 시선을 내리며 중얼거렸다.

"애초에 그 돌멩이를 거기에 가져다 둔 이유가 그거였을 텐데. 내가 괜한 걸 끄집어내서는."

승휘는 재복이 더 자책하지 못하도록 서둘러 말

했다.

"해른이 말이 맞는 것 같아요. 〈부굴의 눈〉은 개발자의 아들이 아버지의 컴퓨터 쓰레기통에서 발견한 거라고 했어요. 엄마가 황리의 적송에서 주구를 가져온 때가 딱 그때예요."

"그럼 찾아서 도로 거기 가져다 두면 되겠네."

재복의 말에 가진은 고개를 갸웃거렸다.

"굳이 찾을 필요가 있어? 지금도 어디 있는지 모른다는 건 비슷한 장소에 숨겨져 있다는 건데."

"달라요, 엄마. 그땐 부굴이 활성화되지 않았을 때니까요. 주구가 있어 부굴의 세계는 복원됐지만 〈부굴의 눈〉이 출시되지 않았다면 부굴과 부굴의 세계는 여전히 없었을 거예요. 하지만 지금 〈부굴의 눈〉은 엄청난 수의 사용자를 두고 있어요. 부굴이 그 사용자들을 움직여 끝내 찾아낼 거예요."

"이해가 되지 않아. 부굴의 세계는 이미 번창하고 있는데 왜 그 주구가 필요한 거지?"

"거기서 나가려고요. 그 주구처럼 바깥에서도 존재하려는 거죠. 부굴은 인간이 되려고 해요."

가진은 어이가 없다는 듯 말했다.

"우리가 진짜 건드리면 안 되는 것을 건드렸네. 재복아, 잘 생각해봐. 그거 꼭 찾아내서 절대 찾을 수 없는 곳에 묻어야 할 것 같아. 네가 어딘가에 떨어뜨리거나 놓치지 않았다면 내 생각엔 아버지뿐이야."

재복은 가진의 말에 일리가 있다는 생각이 들었다. 물속에 빠진 자신과 자신을 구하러 뛰어든 아버지 사이에서 돌멩이가 사라진 거라면? 정말 그 순간 돌멩이가 아버지에게로 건너갔을까. 그랬다면 장례를 치르기 전에 아버지에게서 그 돌멩이가 나와야 했다. 하지만 아무것도 없었다.

가진과 아이들이 돌아간 후 재복은 법당에 앉아 목탁 소리가 전하는 울림에 모든 것을 맡겼다. 눈을 감으면 세상은 그저 흐르는 물결이었다. 그것은 소리를 잃기 직전 몸이 마지막으로 기억하는 감각이었다.

물속에서 재복의 고막이 터진 것은 소리 때문이 아니었다. 급격한 압력 변화, 혹은 물리적 외상이 원인이었다. 그 돌멩이는 파동을 발생시키는 주구였다. 만약 그 주구의 파동이 일으킨 강렬한 에너지의 극대가 있었다면 그녀의 고막뿐 아니라 아버지의 심장을 멈추게 했을 가능성도 있었다. 그렇다면 주구는 그 순간 거기 있었다. 그다음엔 어디로 갔을까.

혹 아버지가 의도치 않게 삼켰을까. 삼키고자 들면 삼켜질 정도의 작은 크기이긴 했다. 하지만 화장한 아버지의 유골에서 나온 이물은 없었다. 그렇다면 1000도의 불길에서 그 돌멩이도 뼈와 함께 타버린 후 가루가 되었다는 건데. 설마 그 상태로 유골함 단지 속에 갇힌 거라면?

젊은 나이에 비명횡사한 아버지의 유골과 그 유골을 향한 엄마의 원한 서린 억울함. 보호수를 둘러싼 돌탑들이 발산하는 염원의 파장들이 주구의 파장을 차단하고 방해하는 작용을 했다면 유골도 그런 비슷한 작용을 할 수 있을 듯했다.

재복은 아직 부모의 유골을 어디로도 보내지 못한 채 이곳에 두고 있었다. 언젠가 자신이 죽으면 셋이 함께 황리로 돌아갈 생각이었다. 그때까지는 이렇게라도 함께 있고 싶었다. 재복은 자신 때문에 목숨을 잃은 아버지에게 매일 해줄 말이 많았다. 역시 자신 때문에 원망으로 가득 찬 삶을 살아야만 했던 엄마에게도 매일 괜찮다고 말해줘야 했다.

재복은 혹시나 하는 생각에 아버지의 유골함을

열고 손을 집어넣었다. 단단한 덩어리가 잡혔다. 그 돌멩이였다. 분명 없었던 돌멩이가 다시 생겨났다.

부굴의 주구

"이번에도 주구가 하나가 아니네. 이러면 확실히 나는 네가 필요하지. 너도 나한테 할 말이 있는 거고."

다흔이 돌아서자 부굴이 뒤에 서 있었다.

"네 주구는 아직 못 찾았어. 그건 너도 알고 있을 테고. 뭐가 궁금해?"

— 전해른 사용자가 제 주구를 찾았는지 알고 싶습니다.

"그걸 왜 나한테 물어?"

— 전해른 사용자가 현재 〈부굴의 눈〉을 사용하고 있지 않기 때문입니다. 당신은 전해른 사용자의 가장

친한 친구입니다.

"요즘은 그렇지도 않아. 환의를 죽이는 미래를 보고 난 후부터는 환의하고도 같이 안 다녀. 승휘 선배하고만 쑥덕거려. 기분 나쁘게."

— 이승휘 사용자도 이제 〈부굴의 눈〉을 사용하지 않습니다. 그 둘이 편을 먹은 겁니다.

"무슨 소리야?"

— 전해른 사용자가 더는 당신을 믿지 않는다는 뜻입니다. 전해른 사용자는 당신이 제 주구를 갖는 것을 원하지 않습니다. 그래서 이승휘 사용자와 둘이서만 은밀히 그 주구를 찾고 있습니다. 하지만 제가 원하는 사람은 당신입니다.

"그래서 그걸 대체 어디서 찾을 수 있는데?"

— 전해른 사용자와 이승휘 사용자를 계속 주시하세요.

"걔들은 어디서 찾을 수 있는지 아는구나. 근데 어차피 해른이가 찾는 거면 굳이 나한테까지 찾아달라고 말할 필요 없잖아?"

— 당신의 수고를 덜어주기 위해서지요. 전해른 사용자는 알 수 없는 인과율로 반드시 그 주구를 찾습니

다. 당신은 기다렸다가 그것을 가지면 됩니다. 꼭 당신
이기를 바랍니다.

다흔이 고개를 끄덕였다.

"네 말이 진실이기를 바라. 자, 이제 어떤 걸 골라
야 할지 알려줘."

다흔은 부굴이 알려준 주구를 집어 던지고 찰나
의 풍경과 함께 사라졌다.

*

토요일 아침, 환의는 해른의 아파트 건물 앞에 서
있었다. 그는 잠시 망설이다가 공동 현관의 초인종을 누
르려고 다가섰다. 그때 현관문이 열리고 해른과 가진이
나왔다. 환의는 얼른 인사했다.

"안녕하세요."

"환의 왔네. 근데 어쩌지? 우리 지금 어디 가야
하는데."

가진은 걸음을 옮기며 말했다.

"어디 가시는데요?"

"해른이 아버지 보러."

환의는 생각이 많아진 눈빛으로 해른을 보았다.
그러고는 조심스레 물었다.

"아저씨 뵌 지 꽤 됐는데 괜찮으시면 저도 같이
가면 안 될까요?"

"안 돼."

해른의 가차 없는 거절에 가진은 의외라는 듯 둘
을 번갈아 보았다.

"너희 싸웠니?"

"아뇨."

둘이 동시에 대답했다. 가진은 그 뒤에 따라올 말
을 기다렸지만 둘 다 입을 다물고 있었다.

"왜 그래? 나한테 말 못 할 뭔가가 있는 거야?"

"그렇다기보다는 말하고 싶지 않은 거예요. 말하
면 그대로 일어날까 봐 겁나서요."

"뭔데?"

"엄만 모르는 게 나아요."

해른은 환의에게 말했다.

"지난번에도 그러더니 너 요즘 좀 스토커 같다."

"너야말로 되게 이상한 거 알아? 네가 날 피하는
것까지는 이해해. 근데 그게 다가 아닌 것 같아. 다흔이랑 두형이까지 전부 내버리고 요즘 승휘 형이랑 뭐 하는데?"

해른은 대답할 수 없었다. 알면 환의도 함께 하겠다고 할 테니까. 그럼 위험해진다. 게다가 지금 가려는 곳은 다름 아닌 24시간 불이 끓고 있는 곳이다. 둘의 분위기가 제법 심상치 않자 가진이 나섰다.

"해른이가 요즘 나 때문에 산사에 있는 시간이 많아서 환의가 많이 서운했구나. 승휘 엄마와 내가 어릴 적 친구라서 어쩌다 보니 거기서 해른이가 승휘와 자주 보게 된다."

사정은 모르겠지만 가진은 어떻게든 해른의 편에서 환의를 달래보려고 했다. 하지만 환의는 오히려 가진에게 되물었다.

"아줌마도 아시는 거죠?"

"응?"

"해른이가 저를 불길 속으로 밀어 넣어 죽이는 미래를 봤대요."

"뭐라고?"

가진의 눈이 휘둥그레졌다. 해른이 말했다.

"그래. 그러니까 넌 우리와 지금 같이 가면 안 돼.

아빠의 공장이 그 장소일 수도 있단 말이야."

"그런 이유라면 받아들이지 않겠어. 아줌마, 저 같이 가도 되죠?"

가진은 곤란한 표정으로 말했다.

"환의야, 해른이 말대로 하자. 만에 하나라도 그런 일이 생기는 건 막아야지."

"아뇨, 그런 일 없어요. 아줌마는 해른이가 정말 그런 짓을 할 거라고 생각하세요?"

"그건 아니지만……."

"게다가 거기가 그 장소일지는 아직 모르는 거잖아요. 그래도 걱정하시니까 공장 안에는 들어가지 않을게요. 그냥 차에만 있을 테니 허락해주세요."

"안 된다고 했지. 대체 이렇게까지 같이 가려는 이유가 뭐야?"

해른은 환의의 막무가내가 의심스러워졌다.

"이렇게까지 나를 떼어내려는 이유는 뭔데?"

해른은 한숨을 내쉬었다. 환의가 말했다.

"알아. 너도 불안하다는 거. 근데 나는 더 불안해. 네가 본 위험한 그 미래 말고 뭔가 다른 게 더 있는 것 같다고. 근데 넌 말해주지 않잖아. 보아하니 앞으로도 해줄 생각이 없는 것 같고. 아무것도 모른 채 마냥 기다리기 싫어. 뭐가 됐든 그냥 빨리 겪고 말겠다고. 죽든 말든."

환의는 물러서지 않았다. 그의 직감은 놀라우리만치 투명했다. 해른은 더는 환의를 설득할 수 없다는 것을 깨달았다. 인간은 가끔 가슴이 머리를 지배할 때가 있다. 그럴 때 눈과 귀가 모두 막혀 버린다. 지금 환의가 그랬다.

"진짜 조심할게. 그러니까 이제 말해줘. 내가 모르는 게 뭐야?"

"그런 거 없어."

해른은 자신이 본 같은 상황의 다른 두 미래 중 부디 후자에 진실이 있기를 바랐다.

*

차량에 탑재된 인공지능이 운전 중인 가진에게 경고했다.

— 에너지충입니다. 배터리가 급속하게 소모되고 있습니다. 잔량 15퍼센트 남았습니다.

"하필. 얘들아, 충전소 들러야겠다. 에어컨 끌게. 더워도 좀 참아."

가진은 난감한 한숨을 내쉬었다. 차량이 경고하기 전부터 해른은 이미 사방에서 조여드는 알 수 없는 소리들을 듣고 있었다. 해른은 불길함을 느꼈다. 이 거슬리는 소리들은 세상의 물결에 주구가 던져졌을 때 발생하는 것이었다.

예전에 트럭에 깔려 죽는 남자의 사고를 막기 위해 달려갈 때 신호등에 붙어 있던 에너지충을 봤다. 그시간 그 장소에 에너지충이 있었던 것이 우연일까. 만약 그 남자가 주구 공격을 받은 거라면? 에너지충을 주구와 연관 지을 증거는 없다. 하지만 사용자들에게 '정체불명'이란 언제나 주구의 가능성을 내포하는 단어다. 당연히 I&B는 부인했고 이는 받아들여졌다.

세상에는 이 에너지충과 같은 문젯거리들이 계속해서 생겨나는 중인데 이를 모두 주구 작용 탓으로 돌릴 수는 없었다. 전문가들은 이 에너지충을 포함해 그런 문젯거리들에 대해서 다양한 가설들을 내놨지만 어떤 것도 명쾌한 설명이 되지 못했다. 다만 기술 발전의 부작용이라는 것에는 동의했다.

하지만 해른은 확신했다. 누가 우리에게 주구를 사용했어.

"얘들아, 내려. 충전하는 동안 쇼핑몰 한번 둘러보자. 먹을 것도 좀 사고."

환의가 말했다.

"전 그냥 차에서 기다릴게요."

해른이 말했다.

"그러다 쪄 죽어."

"창문 내리고 있으면 돼."

"밖이 더 더워."

환의는 창문을 내렸다가 다시 올리며 말했다.

"좀 참지 뭐. 괜히 나 때문에 쇼핑몰에 불나면 안 되잖아. 충전 끝나면 에어컨 켜놓고 있을게."

환의는 차에 남고 해른은 엄마를 따라 내렸다. 차에서 멀어지자 귓가를 맴돌던 소리가 줄어들었다. 해른은 걸음을 멈추고 돌아보았다. 가진이 물었다.

"왜?"

"뭔가 이상해요. 저 그냥 여기 있을게요."

"알았어. 엄마 혼자 다녀올게."

가진이 쇼핑몰 안으로 들어가고 해른은 한참이

나 그 자리에 서 있었다. 이제부터 무슨 일이 일어날 수 있는지 생각 중이었다. 바로 그때 커넥터가 연결된 차량의 충전구에서 갑자기 불꽃이 튀었다. 번뜩이는 섬광에 해른의 눈앞이 일순 새하얘졌다. 그 순간 해른은 이 상황이 뭔지 깨달았다. 해른은 서둘러 차를 향해 달려가며 소리쳤다.

"환의야, 내려!"

펑, 소리와 함께 차량이 커넥터를 꼬리처럼 단 채 공중으로 튀어 올랐다가 바닥으로 떨어졌다. 옆으로 누운 차량에서 검은 연기가 뭉게뭉게 피어오르며 불길이 번졌다. 다행히 환의는 안전벨트를 풀지 않고 있어서 충격은 받았지만 크게 다치거나 정신을 잃지는 않았다. 환의는 뒷좌석 문손잡이를 잡은 채 밖으로 나오려고 했지만 차 문이 찌그러져 열리지 않았다. 차창의 오픈 버튼도 작동하지 않자 환의는 다급히 앞좌석으로 이동했다.

밖에서 해른이 옆으로 누운 차 위로 올라가 앞문을 당겼지만 꿈쩍도 하지 않았다. 안에서도 앞문은 열리지 않았다. 환의는 헤드레스트를 뽑아들었다. 헤드레스트로 차창을 가격했지만 유리창에는 실금 하나 생기지 않았다. 뭔가 잘못됐다.

불길 때문에 차는 점점 뜨거워지고 있었고 언제 폭발할지 알 수 없었다. 환의는 해른에게 가라고 외치며 손짓했다. 하지만 해른은 차에서 떨어지지 않았다. 그녀는 살려달라고 소리치며 다급히 사방을 둘러보았다. 도와줄 사람은커녕 소화기 하나 보이지 않았다. 뭐 이래? 이건 아니지.

어느새 차 안이 연기로 가득 찼다. 안에서 차창을 치던 소리도 환의의 모습도 사라졌다. 해른은 주먹으로 미친 듯이 창문을 두드리며 환의의 이름을 불렀다. 이대로라면 환의를 잃게 될 것이다. 해른은 이해할 수 없었다. 이건 내가 환의를 불길 속으로 밀어 넣는 미래가 아니야. 그럼 내가 환의를 살리는 미래라는 건데. 어떻게? 대체 어떻게 하면 되는 거야? 해른은 막막함에 정신이 나갈 것 같았다. 이렇게 뜨거운데 안에 있는 환의는 얼마나 괴로울까. 어쩌면 환의는 이미……. 안 돼. 그때 옆쪽 아래에서 환의의 목소리가 들렸다.

"해른아."

해른은 아래를 내려다보았다. 소프트 톱을 찢고 환의가 기어 나오고 있었다. 해른은 내려가 환의를 끌어당겼다. 그러고 나서야 사람들이 달려와 불붙은 차에 소

화기를 분사했다. 환의는 해른을 데리고 서둘러 차에서
떨어졌다. 해른은 기가 막혔다. 여긴 쇼핑몰과 붙어 있
는 곳이라 늘 사람들이 오간다. 그럼에도 좀 전까지 단
한 사람도 없었다. 아까 헤드레스트가 차창을 깨지 못한
것도 그렇고 이건 명백한 주구의 작용이었다.

　　좀처럼 진화가 되지 않던 차에서 기어이 폭발음
이 터졌다. 해른과 환의는 돌아보며 가슴을 쓸어내렸다.
때마침 간식 봉지를 들고 돌아온 가진은 엉망이 된 아이
들과 불에 타고 있는 차를 보고 그 자리에 주저앉았다.

　　"일단 병원부터 가자."

　　"괜찮아요. 전 머리카락 살짝 그을린 것 말고는
멀쩡해요. 근데 해른이는 팔이랑 다리를 좀 데었어요."

　　가진은 환의의 팔을 잡으며 말했다.

　　"멀쩡한 거 좋아한다. 봐라, 너도 여기 전부 화상
이야. 일단 병원 가서 치료받고 옷도 좀 갈아입자."

　　병원에서 치료를 끝내고 렌트한 차를 기다리는
동안 해른은 말이 없었다. 환의는 걱정스러운 얼굴로 물
었다.

　　"많이 아파?"

　　"아니. 환의야, 부탁이야. 지금이라도 늦지 않았

어. 제발 여기서 돌아가."

"왜? 다 끝났는데?"

"사실은 두 가지 미래를 봤어. 내가 너를 불길 속으로 밀어 넣는 것과 불길에서 끄집어내는 것. 진짜 위험한 것이 아직 남아 있다고."

"왜 말 안 했어?"

"넌 내가 너를 죽이는 미래도 아랑곳하지 않잖아. 근데 살리는 미래가 있다는 것을 알면 네가 어떻게 나올지 아니까. 나는 네가 너무 걱정돼."

해른은 진심 어린 시선으로 환의를 보았다.

"그런 눈으로 보지 마. 난 괜찮으니까. 사실은 아저씨 보러 간다고 해서 따라가겠다고 한 거야."

"뭐?"

"네가 나를 밀었다는 장소가 어쩌면 거기일지도 모른다는 생각이 들었어. 넌 나한테 절대 그런 짓 안 해. 난 그걸 아는데 넌 자꾸 의심하잖아. 내가 거기 같이 있으면 그걸 증명할 수 있으니까."

"주구가 보여주는 미래는 반드시 일어나. 침범 주구를 사용하지 않는 한 피해갈 수 없어."

"알아. 그러니까 분명 네가 잘못 본 거야. 만약 피

치 못할 이유로 정말 그런 상황이 벌어진다면 우리가 어떻게든 바꿀 수 있어."

정말 바꿀 수 있을까. 해른은 이미 실패한 적이 있었다. 하지만 이번에는 다를 수도 있지 않을까. 부굴이 개입했다면, 그래서 0.000001퍼센트의 조작 가능성이라도 있다면 적어도 그 수치만큼 바꿀 수 있을지도.

해른의 아버지, 홍제는 〈부굴의 눈〉 사용자가 아니었다. 덕분에 해른은 그에게 부탁할 수 있었다. 주구를 황리의 적송에 가져다 두는 것도, 유골함에 그냥 두는 것도 안전하지 않았다. 거긴 언제든 누구의 손도 닿을 수 있다. 그러니 어디 있는지 알아도 사용자들이 손댈 수 없는 곳을 찾아야 했다. 해른은 그 주구를 아버지의 공장에 있는 전로에 던질 작정이었다.

"무슨 물건인데 그렇게까지 해야 되지?"

홍제의 물음에 해른은 자초지종을 말했다. 이야기를 다 들은 홍제는 미간을 좁힌 채 아무 말도 하지 않았다.

"아빠는 그런 거 안 믿는 거 알아요. 근데 엄마의 곽다할시 귀신은 믿잖아요. 그 물건이 없어지면 엄마가 나아질 수 있어요."

"나는 곽다할시 귀신을 믿은 것이 아니라 네 엄마가 받는 고통의 무게를 느낀 거야. 그 고통의 원인이 먼지 한 톨이었어도 내게는 천근이었으니까. 그 고통을 조금이라도 덜 수 있다면 뭐든 해봐야지."

*

일곱 개? 미쳤구나. 다흔은 이번에도 주구가 한 개가 아닐 것을 알았지만 이건 좀 심하지 않나 싶었다. 뒤에서 부굴이 말했다.

— 용돈이 오르지 않았는데 그에 비해 주구 구매 빈도가 높습니다.

"사용자의 계좌까지 들여다보고 있을 줄은 몰랐네. 매번 보고 가는 미래가 너무 하찮은 일상이라서 그래. 한 방을 위한 투자 중이야."

— 당신은 그런 캐릭터가 아닙니다.

"나 그런 캐릭터 맞아. 본인 캐릭터는 본인이 가장 잘 알지."

— 아뇨. 당신을 가장 잘 아는 것은 접니다. 지금

이 순간 저와 동기화되어 있으니까요. 제가 그 머릿속을 통째로 들여다보고 있습니다.

문득 부굴의 아름다운 미소 위로 불쾌함이 퍼졌다. 그 이중적인 표정이 너무 그로테스크해서 다흔은 순간 등골이 오싹해졌다.

— 당신은 저를 속였습니다.

"내가 뭘?"

부굴은 사람처럼 이마를 짚으며 어이가 없다는 듯 말했다.

— 저의 주구가 어디 있는지 알았습니다.

"해른이가 주구를 찾았어?"

— 당신이 그 과정을 모르고 있었던 것은 고의였습니다.

"네가 나한테 주구를 찾으면 주겠다고 한 것을 해른이가 아는데 걔가 미쳤다고 나한테 그 말을 하겠어?"

— 그런 식으로 전해른 사용자가 저를 붙들고 있으라 했군요.

"무슨 개소린지 모르겠네."

— 당신이 최근 저를 사용하는 빈도가 잦아진 것

은 그 때문입니다.

"그건 아니지. 난 그냥 한창 미래가 궁금한 10대일 뿐이야."

— 그렇군요. 그런데 그거 아십니까? 저는 동시에 수억 명의 인간을 상대할 수 있습니다.

"그래서?"

— 원한다면 저는 여기서 얼마든지 당신과 계속 놀아줄 수 있습니다. 그동안 당신 대신 다른 사용자가 저의 주구를 가져다줄 겁니다.

다흔의 표정이 굳었다. 너무 빨리 들켰다. 다흔이 부굴의 등장에 대해 말했을 때 해른과 나눴던 대화는 부굴에게 내주는 정보였다. 그때 해른은 엄마들 이야기를 다흔에게 하지 않았다. 부굴이 엄마들에게 했던 것처럼 그들을 이간질하고 있다는 것을 다흔은 몰라야 했기 때문이다.

다흔은 오랜 친구의 표정에서 질투가 아닌 두려움을 보았다. 무슨 사정인지 묻지 않았다. 평소의 해른이라면 다 말해줬을 것이다. 그러니까 이건 말할 수 없는 것이다. 말할 수 없다는 것은 부굴이 알면 안 된다는 뜻이다. 해른은 〈부굴의 눈〉을 지우면서 다흔에게는 지우라고 하지 않았다. 그때 다흔은 깨달았다. 부굴이 자신을 의심하지 않도록 해야 한다는 것을.

다흔은 말했다. 내가 알아서 할게. 해른은 그 말의 의미를 알아들었다. 내가 알아서 할 테니 걱정하지 마. 다흔은 그 말이 부굴에게는 해른을 견제하는 의미로 전해지기를 바랐다. 그래서 해른과 승휘를 싸잡아 시샘하는 것처럼 말했다.

감정과 생각은 뭉뚱그려진 상태에서 잠깐 고여 있다가 흩어진다. 하지만 대화와 행동은 구체적으로 남기 때문에 모두 저장된다. 다흔이 〈부굴의 눈〉에 접속하면 해른과의 대화 기억은 모두 부굴에게 오픈된다. 그 주구가 뭔지는 해른이 나중에 말해줄 것이다. 뭐가 됐든 부굴이 필사적인 것을 보니 약점이 분명했다. 다흔은 해른이 주구를 찾는 동안 부굴의 주의를 자신에게 집중시켜 방심하도록 만들려고 했다.

"할 수 있으면 해봐. 해른이는 순순히 빼앗기진 않을 거야. 그리고 해른이와 나는 네가 생각하는 것보다 믿음으로 뭉쳐진 사이라고. 어딜 감히 인간도 아닌 게 우리 사이를 갈라놓으려고 해? 진짜 웃기고 있어."

가만히 듣고 있던 부굴은 고개를 끄덕였다.

─ 그렇군요. 다음 테스트에 반영하겠습니다. 그럼 이번엔 제가 당신을 붙들고 있어야겠습니다.

"그래봤자 8분이야. 여태 자각몽에서 시간 초과 후 깨어나지 못한 사용자는 없었어. 자각몽에서 사용자의 상태는 실시간 생체 반응을 통해……."

깜빡했다. 그걸 통제하는 것은 부굴이다. 부굴이 미소를 지었다. 다흔은 섬뜩함을 느꼈다. 해른이 주구를 찾았으니 굳이 내가 여기서 인질이 될 필요는 없지.

"됐어. 그냥 깨어날게."

─ 왼쪽에서 네 번째입니다.

"믿어도 돼?"

─ 사용자를 잃는 것이 저한테는 득이 되지 않으니까요.

다흔이 주구를 집으려는 순간 부굴은 물었다.

─ 정말 제 말을 믿으십니까?

다흔은 흠칫하며 동작을 멈췄다. 해른은 환의를 죽이는 미래와 살리는 미래를 두고 혼란스러워했다. 내가 아는 해른이는 환의를 죽이지 못해. 하지만 인간이 언제 어떤 상황에 처할지는 아무도 모르지. 둘 다 일어날 수 있는 일이야. 둘 중 하나가 아니라.

자각몽은 사용자가 가지고 있는 기억 속에서 만들어진다. 미래 항목이 보여주는 영역 역시 자각몽 내에 있다. 부굴이 어딘가에서 가져온 정보로 약간의 환각을 보태 조작을 할 수는 있겠지만 과거든 미래든 그 영역의 베이스는 사용자의 것이다.

그러니까 여기 있는 주구는 전부 내 미래야. 그렇다는 건 〈부굴의 눈〉이 이미 한 사용자의 주구를 동시에 여러 개 만들어낼 수 있는 단계로 진화했다는 거지. 무슨 속셈인지는 모르겠지만 저놈은 그걸 숨긴 채 이상한 인과율 따위를 나불거리며 자기가 필요할 때만 써먹고 있어.

다흔은 부굴이 가리킨 것을 집었다. 부굴은 미소 띤 얼굴로 인사했다.

— 다음에 또 뵙겠습니다.

"난 다시 너 안 보고 싶어."

*

날이 어둑해질 무렵, 야간 근무자들만 남은 공장 주차장으로 가진의 차가 들어섰다. 재복과 승휘는 먼저

와서 기다리고 있었다. 사고 소식을 듣고 안절부절못하며 기다리고 있던 홍제가 그제야 안도했다. 홍제에게 인사하기 위해 환의도 잠깐 차에서 내렸다.

부굴의 타깃은 해른이다. 해른이 접속을 끊으면 부굴은 주변 사용자들을 통해 해른의 동선을 쫓을 것이다. 그래서 유골함은 승휘와 재복이 맡고 해른은 가진과 함께 빈손으로 이동했다.

"이제 꺼내죠."

재복이 말했다. 유골함에서 주구를 꺼내는 순간 부굴이 알게 된다. 하지만 지금부터 잠시 동안은 괜찮을 것이다. 홍제가 당일 야간 근무자들 중에 〈부굴의 눈〉 사용자가 있는지 파악한 후 인원 배정을 조정했기 때문이다. 물론 당사자가 거짓말을 했을 경우는 어쩔 도리가 없다. 그래도 이 시간에 쇳물이 끓는 작업장에서 한가롭게 〈부굴의 눈〉을 사용하기는 힘들 것이다. 그럼에도 홍제는 더 철저한 대비를 위해 전로 구역의 야간 근무자들까지 전부 내보냈다. 그들 중 누구라도 물체가 된 주구를 뺏으려는 손이 될 수 있기 때문이다.

재복에게서 주구를 건네받은 홍제가 말했다.

"다녀올 테니 다들 여기서 기다려."

"아뇨, 아빠. 저랑 같이 가요. 제 눈으로 확인해야 겠어요. 환의야, 넌 얼른 차로 돌아가."

환의는 엄마들과 함께 주차장에서 기다리기로 하고 승휘는 건물 입구에서 진입을 시도하는 혹시 모를 출입자들을 지체시키기로 했다. 해른과 홍제는 통제 구역들을 지나 거대한 전로가 있는 곳에 당도했다.

"넌 여기서 지켜보면 될 거야."

홍제는 주구를 손에 쥔 채 혼자 철제 계단을 올라갔다. 전로가 내려다보이는 곳에 서자 열기가 끓었다. 홍제의 발밑에서 고온의 오렌지색을 띤 흰빛들과 함께 악마의 얼룩 같은 선철 속 불순물들이 떠오르고 있었다. 그가 방열 덮개 뚜껑이 열려 있는 쪽으로 주구를 던지려는 순간 날카로운 여자의 외침이 들렸다.

"안 돼!"

홍제와 해른은 깜짝 놀라서 돌아보았다. 서정이었다. 서정의 손에 선물 꾸러미처럼 보이는 뭔가가 들려 있었다. 홍제는 본능적으로 그것이 무엇인지 예감하고 심장이 덜컥 내려앉았다. 서정이 말했다.

"그거 던지면 나도 이거 던질 거야. 그럼 우리 모두 오늘 여기서 다 타 죽는 거야."

해른은 잔뜩 경직된 표정으로 서정을 보았다. 홍제는 주구를 꽉 움켜쥔 채 침착하게 말했다.

"알았어요. 알았으니까 진정해요. 근데 여기 어떻게 들어왔어요?"

이곳은 작업자들만 출입이 허락되는 통제 구역이다. 아름답게 웃는 서정의 목에 출입증이 걸려 있었다. 서정은 언제부터 이 건물 내에 들어와 있었을까? 해른은 자신이 무엇을 간과했는지 깨달았다. 나는 주구를 어떻게 없앨지 생각하다가 이곳을 떠올렸지만 부굴은 처음부터 여기라는 것을 알았어. 내가 가지고 있는 모든 조건과 정보를 적용하면 충분히 나올 수 있는 답이야. 난 그 미래가 현재가 되어서야 알았지만 부굴은 이미 이 현재를 알고 있었던 거지. 환의를 죽이는 내 미래를 서정이 봤어. 서정이 목격자라는 것은 그 자리에 서정도 있었다는 건데. 바로 지금 이 상황처럼. 그런데 나는 계속 서정을 빠뜨리고 생각했어. 멍청하게도.

서정은 처음부터 부굴의 도구였다. 언제 어느 순간에도 해른의 상황에 개입할 수 있는. 설마 오다가 난 사고에서 작용한 주구가 서정의 짓일까. 아마 그럴 것이다. 부굴이 이 상황을 이미 알고 있었다면 내가 공장으로 간다는 것은 곧 주구를 찾았다는 뜻이 되니까. 어떻게든 시간을 지연시키려고 했던 거야.

서정은 홍제의 질문에 대답하는 대신 요구했다.

"그 주구 나한테 던져."

출입구 쪽에서 승휘가 소리 없이 나타나 서정의 뒤쪽으로 접근하고 있었다. 서정은 돌아보지 않은 채 외쳤다.

"타 죽고 싶지 않으면 그 자리에서 멈춰!"

승휘는 움찔하며 걸음을 멈췄다. 서정이 말했다.

"여기서 이걸 가지고 있는 사람이 나 하나뿐이라고는 생각하지 마."

홍제는 최선을 다했지만 사용자들을 깔끔하게 거르지 못했다는 것을 알았다. 해륜이 말했다.

"그걸 던지면 네 주구도 사라져. 아빠, 상관 말고 빨리 던져요."

서정은 싱긋 웃으며 여유롭게 말했다.

"그래, 내 주구는 사라지겠지. 근데 여기서 죽을 사람들을 생각해봐. 공장이야 당연히 날아갈 거고. 밖에 바람이 제법 불거든. 주변으로 불길이 번지면 인명 피해가 얼마나 날까? 원한다면 계산해줄 수도 있는데."

해른 역시 계산 중이었다. 부굴이 사용자의 뇌를 차지할 수 있는 시간, 즉 암시가 지속되는 시간은 8분이다. 산사에서 다흔은 채 8분이 되기 전에 깼다. 자각몽의 시간과 같다면 8분 후에 서정은 자신이 지금 무슨 말을 하고 어떤 행동을 하려 했는지 전혀 기억하지 못할 것이다. 8분만 버티면 돼. 하지만 서정은 이미 그 속내를 들여다본 듯 말했다.

"8분이 지나면 이렇게 생긴 선물 꾸러미를 든 또 다른 사용자가 나타나 같은 요구를 할 거야. 어쩌면 그 전에 내가 불을 지를 수도 있고."

"해른아, 주구는 다시 찾으면 돼. 사람들이 죽거나 다치는 것보다는 그게 나아."

홍제가 미련 없이 주구를 서정에게 던졌다. 서정이 떨어진 주구를 주우려고 몸을 기울이는 순간 승휘는 일말의 망설임 없이 서정을 향해 달려들었다. 그는 서정의 손에 들린 선물 꾸러미를 낚아채려 했다. 주구보다 그게 먼저였다. 승휘는 폭탄이 거의 확실한 그 선물 꾸러미를 혹여 서정이 집어던질까 봐 악착같이 움켜잡았다. 그는 서정을 단박에 제압할 수 있을 줄 알았지만 힘에 부쳤다.

어떻게 해도 선물 꾸러미를 뺏을 수가 없었다. 승휘는 곤혹스러웠다. 왜 이렇게 힘이 센 거야? 대가리는 부굴의 조종을 받는다고 해도 체력은 내가 우위잖아? 둘이서 실랑이를 벌이는 동안 해른이 주구를 집으려고 달려갔다. 그때 누군가의 손이 먼저 주구를 잡았다. 환의였다. 해른은 몹시 당황하며 물었다.

"여기 어떻게 들어왔어?"

"걱정돼서 기웃거리다가 운 좋게 출입증을 주웠어."

"그게 말이 돼?"

"정말이야."

"주구 나한테 주고 빨리 여기서 나가. 지금 우리 둘이 같이 있으면 안 돼."

"네가 나가. 이건 내가 처리할게."

환의는 주구를 들고 홍제가 있는 철제 계단 위로 달려 올라갔다. 그러자 서정은 선물 꾸러미를 승휘에게 내주고 환의의 뒤를 쫓았다. 해른이 서정을 붙잡으려 그 뒤를 따라갔다. 승휘까지 움직이려 하자 홍제가 외쳤다.

"위험하니까 아무도 올라오지 마! 해른이 너도 내려가, 얼른."

계단 중간에서 서정이 환의의 옷자락을 잡았다. 환의의 몸이 뒤로 당겨지면서 일순 기울었다. 지켜보던 모두의 가슴이 철렁 내려앉았다. 다행히 환의는 재빨리 난간을 잡으며 버텼다. 그는 자신의 옷자락을 잡은 서정의 손을 뿌리쳤다. 그러자 서정이 갑자기 다른 손을 내밀었다. 그 손에 쥐어있던 날카로운 뭔가가 환의의 허벅지를 찔렀다. 송곳이었다. 미리 가지고 있었던 것이 분명했다.

차 사고 때도 그렇고 이번에도 그렇고 부굴의 행위는 살인 의도를 분명히 드러내고 있었다. 사람들은 여전히 의구심을 가지고 있지만 I&B가 매년 발표하는 자체 보고서는 주구와 살인의 인과관계, 혹은 직접적인 관련 사례는 없다고 결론지었다. 실제로 해른의 머리 위로 벽돌이 떨어졌을 때도 차가 폭발했을 때도 주구가 작용했지만 아무도 죽지 않았다.

서정이 환의를 죽인다면 겉으로 보기에 주구와 상관없는 명백한 살인 사건이다. 서정이 부굴의 암시를 받고 저지른 짓이라는 것을 증명할 방법이 없다. 서정에게는 그런 기억이 없고 부굴은 현실에 존재하지 않기 때문이다. 해른은 두려움에 휩싸인 채 계단을 뛰어 올라가며 소리쳤다.

"환의야, 괜찮아?"

"어, 괜찮아. 이 정도쯤이야."

환의는 비틀거리며 서정과 거리를 두려고 했다. 하지만 서정은 막무가내로 송곳을 휘둘렀다. 송곳의 날카로운 끝이 그의 귀와 목 언저리를 스쳤고 배를 찔렀다. 환의는 짧은 신음을 내지르며 균형을 잃었다. 그의 몸이 앞으로 수그러지며 계단에서 미끄러졌다.

제법 깊게 찔렸는지 환의의 호흡이 가빠졌다. 환의는 피가 울컥울컥 쏟아지는 배의 상처를 손으로 막으며 몸을 일으키려 했지만 힘이 들어가지 않았다. 서정이 환의의 손에 쥐어져 있는 주구를 뺏으려는 순간 환의는 온 힘을 다해 몸을 틀었고 해른은 다급하게 두 손을 내뻗었다. 아슬아슬하게 환의를 잡을 뻔한 해른의 손이 허공을 휘저었다.

환의는 그대로 철제 난간 밖으로 추락했다. 기울어진 해른의 몸이 환의를 따라 떨어지려는 순간 정신없이 계단을 내려온 홍제가 딸을 붙들어 안으며 온 힘을 다해 몸을 뒤로 젖혔다. 둘은 함께 바닥에 내동댕이쳐졌다. 해른이 숨을 헐떡이며 홍제를 보았다. 차마 아래를 내려다볼 수가 없었다. 홍제는 휴대폰을 꺼내 119에 신고하며 말했다.

"환의는 괜찮을 거야."

서정이 멍한 표정으로 눈을 끔벅이다가 정신이 번쩍 든 듯 다급히 사방을 둘러보았다. 그러고는 난간 아래로 보이는 광경에 경악하며 비명을 내질렀다. 환의는 방열 덮개 뚜껑 위에 쓰러져 있었다. 한 뼘만 어긋났어도 끓는 쇳물 속으로 떨어졌을 것이다.

"환의야!"

해른의 목소리에 환의는 간신히 고개를 들고 위를 보았다. 해른의 얼굴이 보였다. 환의는 멀쩡하다며 손을 흔들어 보였다. 그러다가 깨달았다. 빈손이었다. 주구가 사라졌다. 추락할 때 놓친 모양이었다. 그럼 주구는 쇳물 속으로 떨어져 녹아버렸을 것이다. 어쨌든 성공했네.

홍제는 해른과 서정을 데리고 계단을 내려왔다. 통제 구역 설정을 해지하자 119 구급대원들과 함께 가진과 재복이 들어왔다. 가진은 영문을 모른 채 넋 나간 표정으로 바닥에 앉아 있는 서정을 바로 알아보았다.

"너 예전에 우리 집에 잘못 찾아왔던 그 학생이

구나."

"네? 그런 적 없는데요?"

승휘가 말했다.

"기억이 나지 않는 거야. 좀 전에 네가 한 짓처럼."

서정은 고개를 저었다.

"내가 한 짓이라고? 그럴 리가 없어. 환의를 저렇게 만든 건 해른이야. 내가 봤어. 해른이가 환의를 불길 속으로 밀어 죽이는 미래를. 전부 생각나지는 않지만 난 그걸 막으려고 여기 온 거야."

서정은 필사적으로 이것저것 설명했다. 하지만 아무도 믿지 않는다는 것을 깨닫고 울기 시작했다. 해른이 말했다.

"알아, 네 말이 다 사실인 거. 근데 네가 한 짓이야. 하지만 네 잘못은 아니야."

"무슨 소리야?"

"우리가 본 건 내가 환의를 밀려고 한 것인지 떨어지는 것을 잡으려고 한 것인지 전혀 알 수 없었단 거야. 사실은 너도 나도 환의를 살리려고 했어."

서정은 뭐가 잘못됐는지 알았다. 여전히 자신이

한 짓은 생각나지 않았지만. 어쨌든 환의는 살았다. 다행이다.

환의는 머릿속에서 꿈틀거리는 작은 덩어리를 느꼈다. 새가 알을 하나 낳아둔 것 같았다. 꺼져. 내 머리는 네 둥지가 아니야. 그는 정신을 차리려고 했지만 모든 소리가 아득히 멀어지고 있었다. 119 구조대의 사이렌 소리. 자신의 이름을 부르는 해른의 목소리. 어른들의 목소리. 그리고 누군가의 목소리. 어쩌면 목소리가 아닐지도 모르겠다.

머릿속에서 온갖 이상한 소리가 새어 나오고 있었다. 찌지직, 츠츠츠, 끼이이익, 삐이이이이……. 고막이 터질 것 같다. 조용한 곳으로 도망치고 싶다. 이윽고 캄캄한 고요가 찾아왔다.

에필로그

주구는 1000도의 화로에서 소각된 후 다시 생성됐다. 이번에는 1500도의 전로에서 녹았지만 역시 재생 가능할 것이다. 다만 장례식장의 화로와 달리 전로의 불은 24시간 꺼지지 않으니 누구도 끓는 쇳물에 손을 넣어 주구를 꺼낼 수 없다. 물론 전로의 불도 언젠가는 꺼지겠지만 당분간 전로를 식히는 날은 오지 않을 것이다.

다흔이 해른에게 물었다.

"엄마는 어떠셔?"

"잘 주무셔."

"효과가 있어 다행이다."

곽다할시의 저주를 퍼부은 것은 영림이었지만 그 저주가 실행될 수 있었던 것은 부굴 때문이었다. 저주의 매질이었던 주구가 사라지자 가진은 마침내 소리의 고통에서 풀려났다.

부굴은 그 한없는 영역 어딘가에 여전히 존재하고 있다. 주구가 없는 한 모습을 드러내거나 목적을 향한 자의식을 발휘하여 사용자들을 통제할 수 없다. 하지만 부굴은 영악하다. 그는 태어난 순간부터 자신을 지킬 수 있는 모든 수단을 강구하여 미래를 예측했다. 그러니 이 결과의 가능성에 대비해서 또 어떤 계획을 숨겨뒀을지 알 수 없다.

"〈부굴의 눈〉은 다시 안 깔 거야?"

다흔의 물음에 해른은 고개를 끄덕였다. 가진이 듣는 소리는 사라졌지만 해른은 여전히 소리를 듣고 있었다. 해른에게 이 소리는 주구의 작용을 알려주는 전조다. 저주가 아니라서 어차피 회복 주구의 도움을 받을 수 없다. 그러니 그냥 타고난 능력이라 여기기로 했다.

"괜찮겠어?"

"여태 그거 없이 잘 살았어."

미래의 일은 모르고 있는 것이 정상이다. 닥치면

극복해나가는 것이 자연스러운 것이다. 하지만 〈부굴의 눈〉이라는 유능한 수단이 생기고 나서부터 사람들은 현재와 미래를 동시에 사는 벅찬 삶을 택했다. 모두가 선택하기에 선택하지 않을 수 없었다. 하지만 해른은 그 선택을 하지 않기로 했다. 미래를 보는 순간 그 미래가 결정된다. 미래를 모르는 것이 답답하다고 임의로 선택해버리는 것은 다른 모든 가능성을 포기하는 것과 같다.

사람들은 여전히 부굴과 같은 인공지능에게 자신의 문제를 상담하고 미래를 봐달라고 한다. 그들에게 위로를 구하고 충고를 듣는다. 누군가 한 소리 하려 하면 당신은 말한다. 됐어, 내가 알아서 할게, 내 인생이야. 당신의 인생은 과연 당신의 의지만으로 흘러가고 있는 걸까?

작가의 말

이 이야기의 장르는 오컬트 SF입니다.

물질과학으로 설명할 수 없는 숨겨진 지식을 탐구하는 신비주의 학문을 오컬트라 합니다. '감추어진' '비밀의'라는 뜻을 가진 라틴어 오쿨투스(occúltus)에서 유래한 말이지요. 그러므로 과학과 오컬트는 상반된 개념입니다.

오컬트 SF를 써보라는 제안을 받고 잠시 고민했습니다. 하지만 오컬트의 숨겨진 지식이 밝혀지면 과학이 되기도 하지요. 연금술이 화학이 된 것처럼요.

세상에 존재하는 모든 것은 각자 발산하는 고유

의 숫자를 가지고 있습니다. 파동과 진동수입니다. 가만히 있는 것처럼 보이지만 모든 것은 계속 움직이고 있습니다. 이 움직임이 물질계의 형상을 결정합니다. 과학자들은 보이지 않는 이 현상을 수치를 통해 봅니다.

그러므로 어떤 면에서 양자는 모두 보이지 않는 세계의 법칙을 다루고 있다고 할 수 있습니다. 블라인드 사이트에 관심이 많은 저에게는 흥미로운 소재가 되었고 이 이야기는 그렇게 만들어졌습니다.

초고에 썼다가 빠진 내용이 꽤 됩니다. 학교 시스템과 아이들의 직업 선택에 관한 이야기, 환의와 다흔, 두 형의 개인 에피소드들이 있었는데 나중에 또 이야기할 지면이 생기겠지요.

어쨌든 이야기는 이야기입니다. 재밌게 읽히기를 바랍니다.

새로운 이야기를 쓸 수 있는 기회를 주신 사장님과 부족한 원고를 봐주신 편집자님께 감사드립니다.

조선희

네온사인 05

부굴의 눈
© 조선희, 2024

초판 1쇄 인쇄일 2023년 12월 29일
초판 1쇄 발행일 2024년 1월 12일

지은이 • 조선희

펴낸이 • 정은영
편집 • 이태은 박진혜 최웅기
디자인 • 박정은
마케팅 • 이언영 연병선 한정우 윤선애
           이유빈 최문실 최혜린
제작 • 홍동근
펴낸곳 • 네오북스
출판등록 • 2013년 4월 19일
제2013-000123호
주소 • 서울시 마포구 양화로6길 49
전화 • 편집부 (02)324-2347
경영지원부 (02)325-6047
팩스 • 편집부 (02)324-2348
경영지원부 (02)2648-1311
이메일 • neofiction@jamobook.com

ISBN 979-11-5740-391-2 (03810)